Foto: Werner Bethsold

Jens Sparschuh wurde 1955 in Chemnitz geboren. Er studierte Philosophie und Logik und ist seit seiner Promotion 1983 als freier Journalist und Schriftsteller tätig. In der Fischer Schatzinsel ist von ihm auch ›Parzival Pechvogel‹ (Bd. 80107) erschienen.

Manfred Bofinger, 1941 in Ost-Berlin geboren, arbeitete nach einer Lehre als Schriftsetzer und Gestalter bei der Zeitschrift ›Eulenspiegel‹.

Jens Sparschuh

Die schöne Belinda und ihr Erfinder

Mit Bildern von
Manfred Bofinger

Fischer Taschenbuch Verlag

Fischer Schatzinsel
Herausgegeben von Markus Niesen

Veröffentlicht im Fischer Taschenbuch Verlag GmbH,
Frankfurt am Main, Februar 2001

Lizenzausgabe mit freundlicher Genehmigung
des Verlages Nagel & Kimche AG, Zürich / Frauenfeld
Alle Rechte vorbehalten
© Verlag Nagel & Kimche AG, Zürich / Frauenfeld 1997
Gesamtherstellung: Clausen & Bosse, Leck
Printed in Germany
ISBN 3-596-80266-0

Nach den Regeln der neuen Rechtschreibung

Inhalt

Erstes Kapitel
Bettgeschichten
11

Zweites Kapitel
Der Meister persönlich
22

Drittes Kapitel
Genau vierundzwanzig
33

Viertes Kapitel
Dicke Freunde
44

Fünftes Kapitel
Hilfe, Polizei!
59

Sechstes Kapitel
Zehntausend Wasserflöhe
76

Siebtes Kapitel
Ein Dobermann und ein Zwerg
101

Achtes Kapitel
*Belinda steht im Nachthemd
vor einer schweren Entscheidung*
118

Neuntes Kapitel
Ein Kurzschluss kurz vor Schluss
132

Zehntes Kapitel
Alles beginnt von vorn
149

Erstes Kapitel
Bettgeschichten

»Karoline, schläfst du schon?«

»Ja – ganz fest.«

»Dann ist gut«, sagte Belinda, »ich wollte dich ja nicht erschrecken. Gleich steige ich nämlich auf und flattere durchs Zimmer. Huuu! Huuu! Ein Gespenst im Nachthemd! Ein böses Biest!«

»Wie aufregend«, stöhnte Karoline gelangweilt. Sie gähnte und drehte sich auf die Seite. »Tu, was du nicht lassen kannst, aber bitte – nicht so laut.«

Typisch große Schwester, dachte Belinda wütend – durch nichts zu beeindrucken! Bloß weil Karoline schon

ein paar Pickel hat, hält sie sich für Wer-weiß-was.

»Schade, dass du schon schläfst«, fing Belinda wieder an, »wirklich schade. Sonst hätte ich dir vielleicht erzählt, was ich heute Nachmittag erlebt habe ...«

Karoline gähnte: »Was kann denn so eine kleine Piepmaus wie du schon groß erleben!«

Lange war es still im Zimmer.

»Hast du die Augen auf oder zu?«, wollte Belinda auf einmal wissen.

Karoline knurrte: »Ich schlafe, also habe ich die Augen zu. Das ist ein biologisches Gesetz.«

»Mh«, sagte Belinda. Aber so logisch oder biologisch fand sie das nicht. Heute in der Schule hatte sie auch mit offenen Augen dagesessen und Frau Stubenrauch hatte sie gefragt: »Schläfst du, Belinda?«

Das war überhaupt ein verflixter Tag gewesen! Erst wäre sie beinahe zu spät zur Schule gekommen, denn sie wollte

unbedingt noch einmal ihr Kostüm anprobieren: das weiße Seidenkleid und die Lockenperücke. Irgendetwas fehlte noch daran ... Aber was? Den ganzen Tag überlegte sie, denn am Nachmittag sollten in der Theatergruppe die Rollen für das neue Stück verteilt werden – und alle sollten in ihren Lieblingskostümen kommen.

Erst in der Rechenstunde fand Belinda die Lösung. Frau Stubenrauch fragte gerade die Vierermalfolge ab, Belindas Lieblingsmalfolge ... – »Du bist heute überhaupt nicht bei der Sache!«, hörte Belinda plötzlich Frau Stubenrauch sa-

gen. Belinda schreckte hoch – Frau Stubenrauch stand direkt vor ihr.

»Schläfst du, Belinda?« Dabei, Belinda war hellwach. Sie hatte gerade über eine rosarote Schleife nachgedacht.

Frau Stubenrauchs geschminkte Lippen wurden schmal, ein gefährlich glänzender Strich ...

Das war es: Lippenstift! Belinda brauchte einen Lippenstift. Erleichtert lehnte sie sich zurück und nickte Frau Stubenrauch freundlich zu. »Ich verstehe wirklich nicht, was es da zu lachen gibt!«, sagte Frau Stubenrauch spitz. Macht

nichts, Frau Stubenrauch, macht überhaupt nichts, dachte Belinda nachsichtig, denn das konnte Frau Stubenrauch nun wirklich nicht verstehen.

Gleich nach der Schule rannte Belinda in den Kosmetikladen *Schicki Micki*.

»Das finde ich aber schön, dass du deiner Mama einen Lippenstift schenken willst«, sagte Frau Micki, die schicke Inhaberin des Ladens. Belinda winkte bescheiden ab.

Es dauerte ziemlich lange, bis sie etwas gefunden hatten. Lippenstifte sind ziemlich teuer! Schließlich entschied sich Belinda für einen dunkelroten Stift. »Gewagt, aber sehr modern«, sagte Frau Micki. (Und nicht ganz so teuer, dachte Belinda.)

Obwohl Belinda es eilig hatte, bestand Frau Micki darauf, den Stift schön einzupacken. Sie legte sogar eine Probe Wim-

perntusche gratis dazu. Endlich war sie
fertig. Belinda bezahlte, nahm das kleine
Päckchen und rannte los. Unterwegs riss
sie das bunte Papier ab. Sie hatte es sehr
eilig. Zu Hause zog sie schnell ihr Seidenkleid an, dann stülpte sie die Perücke
über und stieg auf den Stuhl vor dem
Spiegel, um ihr Gesicht anzumalen.

Nach zehn Minuten rannte eine
schöne Prinzessin durch die Stadt. Sie
musste über Pfützen springen, inzwischen
hatte es zu regnen begonnen. Endlich,
Viertel nach drei, war sie da. Sie riss die
Tür zum Theaterzimmer auf: Frau Brösel,
die Leiterin der Theatergruppe, starrte
sie sprachlos an. Doch dann lachte sie:
»Toll, Belinda, toll, das ist es! Du
bekommst die Hauptrolle. – Und deine
Partnerin ist Melanie.«

Ausgerechnet die hochnäsige Melanie,
dachte Belinda. Doch schon im nächsten

Moment war ihr das piepegal! Sie war überglücklich: Sie hatte die Hauptrolle bekommen! Und Melanie war sowieso ein Biest ...

»Komm, Belinda, wir müssen nur noch ein bisschen nachzeichnen«, sagte Frau Brösel und setzte Belinda auf den Stuhl vor dem großen Theatergarderobenspiegel: Oje, da hatte Frau Brösel aber allerhand zu tun. In der Eile hatte Belinda nämlich die Perücke verkehrt herum aufgesetzt, die Wimperntusche war vom Regen zerlaufen – und der Lippenstift ... das sah ja aus, als hätte Belinda gerade ihr Lieblingsgericht gegessen, Spaghetti mit ganz, ganz viel Tomatensoße.

Gespannt schaute Belinda in den ovalen Spiegel.

Aber ... was machte denn Frau Brösel da? Sie malte Belinda ja noch mehr schwarze Striche ins Gesicht!

Erschrocken drehte Belinda sich um.
Doch Frau Brösel beruhigte sie: »Keine
Angst, Belinda, du wirst ganz groß herauskommen. Ich habe nun schon so oft ›Die
Schöne und das Biest‹ einstudiert. Aber
so ein schönes Biest, das hatte ich noch
nie. Richtig zum Fürchten. Huuu!« Über
Belindas Wange rollte eine Träne.

»O ja, wunderbar«, rief Frau Brösel
begeistert, »das musst du machen, das
sieht ganz echt aus!«

Belinda nickte traurig.

Und Franziska? Ausgerechnet Franziska, Belindas beste Freundin, bekam
einen Lachanfall, als sie das fertig
geschminkte Biest sah. »Ich rede nie wieder mit dir, das schwöre ich dir«, zischte
Belinda, »und außerdem, außerdem muss
ich zum Zahnarzt!«, sagte sie noch
schnell zu Frau Brösel – und dann war
sie auch schon weg.

So ein Tag war das! – Kannst du dir das vorstellen, Karoline?

»… Karoline?«

Das Taschengeld weg, mit Franziska verkracht und Karoline – die schlief einfach, wenn man sie mal brauchte.

Eine feine große Schwester war das!

Belinda lächelte grimmig.

Man müsste fort sein, dachte sie. Ganz weit weg von zu Hause.

Ob sie jemand vermissen würde?

Mama ganz sicher! Sonst hatte sie ja niemanden, mit dem sie, wenn sie müde von der Arbeit kam, nach Herzenslust schimpfen konnte: Der Abfall ist nicht heruntergebracht, die Schularbeiten sind nicht ordentlich gemacht … Wenn Mama sich ausgeschimpft hatte, war sie gleich viel munterer. Papa würde sie sicher auch vermissen. Ein bisschen zwar nur und erst am Wochenende. Denn seit er die neue

Stelle hatte, war er ja nur am Wochenende zu Hause.

Und Karoline? Die würde wahrscheinlich nicht mal merken, dass Belinda fort war.

Für Karoline bin ich sowieso nur Luft, dachte Belinda.

Sie schloss die Augen. Da war sie auf einer Straße. Es regnete. Davon wurde ihr Gesicht ganz nass. Oder waren das Tränen?

Doch plötzlich wurde es hell. Belinda stand vor einem großen Haus ...

Zweites Kapitel
Der Meister persönlich

*Schnell, preiswert
und für Sie bequem
löst Curd Caruso
Ihr Problem!*

– stand auf dem Messingschild neben der Tür. Noch einmal buchstabierte Belinda leise den Text. Donnerwetter, hier war sie ja genau an der richtigen Adresse!

Der Klingelknopf blitzte einladend. Belinda nahm rasch den Zeigefinger aus der Nase, schnipste den Popel weg und tippte vorsichtig den Messingknopf an.

Merkwürdig: Hinter der Tür platschte Wasser, ein Hund jaulte auf, es gab einen Plumps, dann surrte etwas – und eine Stimme sang »*O sole mio*«. Sie klang blechern und außerdem fing sie immer wieder von vorn an, als müsste sie noch üben: »*O sole mio ...*« Im nächsten Moment sprang die Tür auf und ein Mann stand vor Belinda.

Erschrocken fuhr sie zurück. Der Mann war nicht viel größer als sie, aber viel älter. Graue Haare wuchsen wie Unkraut auf seinem Kopf. Sogar aus der Nase und aus den Ohren wuchsen sie.

»Kann ich Ihnen helfen, meine Dame?«

Belinda drehte sich rasch um – doch außer ihr war niemand da.

»Hast du ein Problem?«

»Mh«, sagte Belinda betrübt, denn da war ihr alles wieder eingefallen: die Theaterprobe und Frau Brösel und Franziskas Lachanfall und Karoline, die nie richtig zuhörte, und ... und ... sie merkte, wie ihre Augen ganz nass wurden.

»Also – ein Problem hast du?«, fragte der Mann noch einmal besorgt.

Belinda nickte traurig.

»Das ist ja wunderbar«, rief der Mann begeistert. »Probleme sind meine Spezialität – komm herein!« Er lachte und hielt Belinda weit die Tür auf.

Sie gingen durch einen dunklen Flur und gelangten in eine große Rumpelkammer. »Das ist meine Werkstatt«, sagte der Mann, »und ich bin Caruso, Curd Caruso, persönlich.«

»Und ich bin Belinda«, sagte Belinda leise, und noch leiser: »Auch persönlich.«

Sie sah sich um. Ölige Fahrradketten hingen von der Decke herab, Disketten lagen herum. Glasaugen guckten aus einer Pappschachtel. Ein Regal mit Reagenzgläsern, Röhren und Rollen stand in der Ecke. Daneben ein leerer Vogelkäfig. Und eine Dampfmaschine, die müde fauchte. Tiere gab es auch! Goldfische. Die schwammen auf einem Computerbildschirm.

Doch hinter der Tür – Belinda riss die Augen auf! – hinter der Tür stand ein Skelett. Das war ja schrecklich! Belinda konnte gar nicht weggucken.

»Na, ist es nicht interessant hier?«, fragte Herr Caruso.

»Furchtbar ...«, stotterte Belinda, »furchtbar interessant.«

Herr Caruso hatte sich inzwischen eine Pfeife angezündet und stieß ein paar blaue Kringelwölkchen aus. Zwischen zwei Wolken fragte er Belinda: »Also – was ist dein Problem?«

Belinda schluckte. Das war ja das Problem: dass sie das so genau nicht sagen konnte. Also stotterte sie – von der Theaterprobe, von Melanie, dieser blöden Zicke, und davon, dass Karoline ihr nie richtig zuhörte ... Aber hörte ihr denn Herr Caruso zu?

Ja. Er machte sich sogar Notizen.

Als Belinda nichts mehr einfiel, seufzte sie und Herr Caruso fasste zusammen: »Also, du hast manchmal Probleme mit deiner großen Schwester. Ist das richtig?«

Belinda nickte erleichtert. »Wenn Sie mir da einen Tipp geben könnten, das wäre nicht schlecht.«

»Und wie bezahlen wir das?«, fragte Herr Caruso ernst.

Es war zwar nett, dass er »wir« gesagt hatte. Aber sicher meinte er doch: Wie würde Belinda das bezahlen?

Sie zuckte die Schultern.

»Taschengeld«, sagte sie, »das ist auch so ein Problem ... Vielleicht kann ich Ihr Auto waschen? Dafür bekomme ich zu Hause manchmal eine Mark.«

»Eine Mark!«, lachte der Erfinder. Ihm

fiel dabei fast die Pfeife aus dem Mund. Dann beruhigte er sich und ging mit Belinda in den Hof. »Sieh mal, was ich zu diesem Problem gerade erfunden habe – eine Weltneuheit! Die erste Garage ohne Dach!«

Tatsache, so etwas hatte Belinda noch nicht gesehen: eine vollständige Garage – nur das Dach fehlte.

»Nun braucht es bloß noch zu regnen und mein alter Schlitten strahlt wie neu!«

Belinda schüttelte vor Staunen den Kopf: »Wie sind Sie nur auf so eine geniale Idee gekommen?«

»Tja, wie schon so oft hat ein Zufall mir auf die Sprünge geholfen. Beim Garagenbau war mir nämlich, ganz zufällig, das Geld ausgegangen.«

Seit vom Geld die Rede war, sah Curd Caruso ziemlich ernst aus. Doch dann hellte sich sein Gesicht auf: »Ich hab's!

Ich schreibe ein Ratgeberbuch für kleine Schwestern. So etwas wird doch bestimmt gekauft. Wie findest du das?«

Hervorragend fand das Belinda. »Aber – wie bezahlen wir das?«

Curd Caruso kratzte sich am Hinterkopf. Er musste seine Gedanken wohl erst frei kratzen. Dann hatte er es: »Als du vorhin an der Tür standest, dachte ich zuerst, du kämst wegen der Annonce. Ich hatte nämlich inseriert, weil ich einen Lehrling brauche. Jetzt nehme ich einfach dich. Und du brauchst nichts zu bezahlen.«

Belinda war einverstanden, sehr sogar.

»Siehst du«, sagte Curd Caruso, »einem richtigen Erfinder fällt eben immer etwas ein. – Ach, da fällt mir ein: Ich muss noch die Klingel stellen. Komm, ich zeig es dir. Das ist von jetzt an deine Aufgabe.«

Eine sonderbare Klingelanlage war

das! Weil aber Belinda ein kluges Mädchen war, hatte sie es schnell begriffen. Also: Man füllt Wasser in einen Luftballon und hängt diesen über Bellos Hundedecke. Drückt jetzt jemand den Klingelknopf, piekt er damit eine Nadelspitze in den Wasserballon. Das Wasser tropft auf Bellos Fell, der jault, die Katze Miezi macht vor Schreck einen Satz – die Rennmäuse werden nervös und starten. Weil sie aber in einem Laufrad sitzen, dreht es sich. Davon wird ein uraltes Grammophon aufgezogen und es fängt an zu spielen: »*O sole mio* ...« Leider nur den Anfang, weil die Platte einen Sprung hat.

So einfach.

Nur eines hatte Belinda nicht begriffen: warum es denn hier keine elektrische Klingel gab wie zu Hause?

»Du musst noch viel lernen, Belinda«,

sagte Curd Caruso. »Wenn zum Beispiel der Strom abgeschaltet ist, weil ich vielleicht mal vergessen habe, die Stromrechnung zu bezahlen – dann funktioniert diese Klingel trotzdem!«

»Ist denn das so wichtig?«, wollte Belinda wissen.

»Unbedingt! Sonst höre ich doch den Postboten nicht.«

Ja, das verstand Belinda, Post bekam sie auch sehr gern. Am liebsten die komischen Karten, die Franziska ihr schrieb …

Curd Caruso bekam vor allem Briefe. Auf seinem Schreibtisch standen drei Schuhkartons. Zwei der Kartons waren randvoll mit Briefen gefüllt. Auf dem einen stand »Unbezahlte Rechnungen«, auf dem anderen »Mahnungen«.

Der dritte Schuhkarton aber war mit Goldherzchen verziert und trug die Auf-

schrift »Erfreuliches: Glückwünsche, Gratulationen etc.« Der war leer.

Als Curd Caruso in die Werkstatt zurückgegangen war, musste Belinda die Klingelanlage einfach noch einmal ausprobieren. Sie drückte auf den Knopf – es funktionierte! Bello jaulte, Miezi machte einen Satz, die Rennmäuse liefen, das Grammophon spielte: *»O sole mio!«*

»Ja, hallo!« Das war Curd Caruso. Er rief aus der Werkstatt.

»Ist da jemand?«

»Nein!«, rief Belinda. Und das stimmte! Denn seit heute war sie ja nicht mehr irgendjemand, sondern Curd Carusos Lehrling!

Drittes Kapitel
Genau vierundzwanzig

»Das Wichtigste beim Erfinden ist, nicht das zu machen, was alle machen. Das musst du dir merken, Belinda. Eine Erfindung muss einfach sein und neu.«

»Einfach neu«, fasste Belinda zusammen.

»Mh«, sagte Curd Caruso, »so ungefähr.«

Er gähnte. »Und so etwas habe ich gerade letzte Woche wieder erfunden. Ich glaube, das wird eine Sensation. Die Antwort müsste heute eintreffen. Da ich aber nicht gleichzeitig arbeiten und warten kann, wirst du arbeiten, Belinda – und ich warte.«

Und damit hatte sich Caruso zum Mittagsschlaf aufs Sofa gelegt.

Merkwürdig: Zu Hause musste Belinda nur dann Mittagsschlaf machen, wenn sie etwas ausgefressen hatte. Ob Caruso etwas ausgefressen hatte? Den ganzen schönen Tag zu verschlafen – so etwas macht doch niemand freiwillig.

Belinda aber hatte keine Zeit, lange darüber nachzudenken.

Punkt vier Uhr musste die Aufgabe, die Curd Caruso ihr gestellt hatte, erledigt sein. Und jetzt war es schon halb vier.

Belinda sollte für Carusos Pinnwand Reißzwecken abzählen. Und es sollten so viele sein, dass die Hälfte dieser Zahl die kleinste Zahl ergab, die man sowohl durch 2, 3, 4 und 8 teilen kann ...

Na, schön und gut! Doch mussten diese verflixten Malfolgen Belinda denn überallhin verfolgen?

Wie immer, wenn Belinda eine Rechenaufgabe zu lösen hatte, gingen ihre Gedanken spazieren ... Vorhin hatte Caruso ihr das ganze Haus gezeigt. Das war viel spannender gewesen! Überall standen oder hingen halb fertige Maschinen herum. Es schnarrte und knarrte, fiepte und piepte, tickte und klickte ...

Und nickte! Das war der automatische Gummigorilla gewesen. Belinda hatte ihm aus Spaß auf den Bauchnabel gedrückt – und er hatte die Zähne gefletscht und ihr zugenickt. Belinda schüttelte den Kopf: Was es alles gab!

Zum Beispiel diese kleine, unscheinbare Tür. Belinda hätte sie fast übersehen, aber Curd Caruso war davor stehen geblieben und hatte leise gesagt: »In diesem Raum steht meine allerwichtigste, bislang noch streng geheime Erfindung.«

Belinda wollte wissen, weshalb der Schlüssel in der Tür steckte, wenn es so geheim war?

»Der steckt hier nur, weil ich ihn unter keinen Umständen verlieren darf.« Curd Caruso sah Belinda streng an: »Hier darfst du nie-, niemals allein hineingehen.«

Belinda nickte. Ja, das würde sie sich unbedingt merken, bestimmt. Sobald es eine gute Gelegenheit gibt, dachte sie, muss ich da auf jeden Fall einmal hineinschauen …

Am Ende des Rundganges waren sie wieder in der Werkstatt angelangt. Belinda wunderte sich, weshalb auf dem Sessel am Fenster so viele Bücher und Zettel lagen.

»Das ist so eine kleine, feine Nebenerfindung von mir«, antwortete Caruso. »Weil ich mich mindestens dreimal am Tag mit meiner Pfeife in diesen Sessel setze, kann ich auf diese Weise niemals etwas Wichtiges vergessen.«

Belindas Mutter machte sich in so einem Fall einen Knoten ins Taschentuch. Curd Caruso verzog das Gesicht: »Das ist aber höchst unpraktisch. Ich würde mich dann nur daran erinnern, dass ein Knoten im Taschentuch ist, und mir den ganzen Tag einfach nicht mehr die Nase putzen. Außerdem nehme ich Papiertaschentücher. Und wenn die gewaschen werden, ist der Knoten bestimmt heraus.«

Belinda wusste gar nicht, dass man Papiertaschentücher auch waschen konnte.

Jetzt aber lag der Meister friedlich nebenan in der Werkstatt auf seinem Ledersofa und schnarchte. Die besten Einfälle,

so hatte er Belinda anvertraut, kämen ihm beim Schlafen …

Beneidenswert!

Da, plötzlich, hatte auch Belinda eine Idee – und im Handumdrehen war die Aufgabe gelöst. Endlich!

Eine richtige Erfinderin bin ich aber noch lange nicht, sagte sich Belinda.

Der richtige Einfall war ihr nämlich nicht im Schlaf gekommen. Im Gegenteil: Sie war hellwach, als sie die Malfolgen nebeneinander geschrieben hatte. Trotzdem, das Ergebnis schien zu stimmen: 24 Reißzwecken.

Höchste Zeit auch! Die Uhr im Flur schlug schon drei viertel vier. Leise schlich Belinda mit den Reißzwecken in die Werkstatt.

Da lag der Meister. Röchelnd zog er die Luft ein: »Rrrrh – phhh«. Wie bei einem kaputten Fahrradschlauch.

– Na, der würde Augen machen! Belinda sah sich um. Auf dem Schreibtisch war leider vor lauter Pfeifenreinigern, Mahnbriefen, Kaffeetassen, Keksdosen, Bleistiften und Disketten gar kein Platz mehr.

Natürlich! Ihr fiel ein: Unvergessliche Sachen gehörten ja auch nicht auf den Schreibtisch, sondern auf den Sessel. Belinda legte also die Reißzwecken ordentlich in vier Sechserreihen auf dem Polstersessel aus. Das sah richtig schön aus!

So. Ihre erste Probe hatte sie wohl bestanden. Zufrieden ging Belinda zurück. Sie nahm das Märchenbuch vom Regal und schlug es auf ...

Da schlug die Uhr im Flur viermal.

Das Schnarchen hörte auf. »Ooooch«, gähnte der Meister nebenan. Belinda lauschte. Hoffentlich hatte sie sich nicht verzählt. Manchmal war sie ja ein bisschen schusselig.

Sie hörte Carusos Schritte. Ja – und dann ...

»Oauoauoauoau!«

Belindas Mund stand vor Staunen offen: Solch einen Freudenschrei hatte sie noch nie gehört. Nebenan, in der Werkstatt, rumorte es. Die Wände wackelten. Der Meister schien sich gar nicht mehr beruhigen zu können.

»Wer war das?! Wer war das?«, schrie der Meister, dass es durchs ganze Haus schallte.

»Ich«, rief Belinda und stürzte nach nebenan, »ich, ich ganz alleine!«

Curd Caruso hüpfte von einem Bein aufs andere. Tränen standen in seinen Augen. Da begriff Belinda plötzlich, weshalb man manchmal von »Freudentränen« sprach und warum man auch sagen konnte: Jemand freut sich wie wahnsinnig. Denn Curd Caruso tanzte wirklich wie wild durchs Zimmer.

»Ma … Ma … Ma …«, rief er und fuchtelte mit seinen Armen in der Luft herum.

Belinda begriff zuerst nicht, was er meinte. Doch dann sah sie es: Er zeigte auf einen schwarzroten Hufeisenmagneten, der an der Wand hing.

Aber ja, sicher wollte er noch einmal nachzählen! Belinda stieg auf den Stuhl, nahm den Magneten, stieg vom Stuhl herunter. Curd Caruso kam angehüpft und sprang um den Magneten herum – vierundzwanzigmal klimperte es.

»Genau 24!« Belinda schniefte andächtig.

Der Meister sah sie groß an. Sein Mund stand offen. Aber er konnte, wohl vor Staunen, kein Wort sagen. Dann ließ er sich in den Sessel fallen – im nächsten Moment aber stand er schon wieder kerzengerade vor Belinda. Er stöhnte.

War noch was? Sollte Belinda noch eine Aufgabe lösen?

»Nein, nein«, wimmerte Curd Caruso, »bitte nicht!«

Viertes Kapitel
Dicke Freunde

»Machst du die Tür auf, Belinda?«, rief Curd Caruso am nächsten Morgen ungeduldig aus seiner Werkstatt.

Belinda klappte das Buch zu. Immer wurde man gestört, wenn man mit etwas Wichtigem beschäftigt war. Sie hatte gerade das Märchen vom Hasen und vom Igel gelesen.

»Wir bekommen Besuch, Belinda. Sicher ein äußerst rätselhafter Fall! Und du wirst ihn übernehmen. Ich muss mich nämlich um meine neue Erfindung kümmern, da gibt es Probleme« – und schon hatte der Meister sich wieder über ein großes Blatt gebeugt, auf dem Kreise, Dreiecke und Vierecke übereinander gezeichnet waren. Oben auf dem Blatt stand in Druckbuchstaben: *Streichelzoo Bizarr.*

Belinda musste nicht lange warten. *»O sole mio«* spielte das Grammophon und vor der Tür stand eine Mutter mit ihrem Jungen. Der war etwas dick und hieß Heinz. Außerdem war er nicht damit einverstanden, dass ein Mädchen sich seines Falles annehmen sollte.

Doch die Mutter sagte: »Still, Heinz«, und schon auf dem Weg in Belindas Büro fing sie an zu erzählen: »Es ist ganz komisch. Wir waren schon bei so vielen Ärzten, aber keiner kann uns helfen. Immer dienstags und donnerstags fühlt sich Heinz krank und schlapp. Ich schreibe ihm dann zwar eine Entschuldigung,

doch erklären kann ich mir das nicht.«
Ratlos schüttelte die Mutter den Kopf.
Auch der Junge schüttelte den Kopf. Er sah dabei aber aus dem Fenster. Er schien schon keine große Hoffnung mehr zu haben.

Belinda verschränkte die Arme und kippelte mit dem Stuhl.

»Ob Sie mich bitte mit Ihrem Sohn allein lassen könnten?«

»Wenn es meinem Heinzi hilft, gern!« Die Mutter verabschiedete sich und gab Heinz noch einen feuchten Kuss.

Als sie gegangen war, zog Heinz ein Taschentuch hervor und wischte sich sorgfältig sein Gesicht trocken. Dann sah er wieder aus dem Fenster.

»Zeig mir doch mal deinen Stundenplan«, bat Belinda.

Umständlich kramte Heinz sein Hausaufgabenheft hervor. Belinda las: Dienstag: Deutsch, Musik, Erdkunde, Sport. Donnerstag: Sport, Mathematik, Biologie, Zeichnen.

Unschlüssig warf sie noch einen Blick auf die anderen Tage. Da fiel ihr etwas auf. »Mensch«, sagte sie, »da fallen doch deine einzigen beiden Wochenstunden Sport aus!«

Heinz zuckte die Schultern. Ohne Bedauern, wie Belinda schien. Und ohne sie anzusehen. Aber Belinda sah Heinz an. Er war ganz rot im Gesicht geworden ...

»Sag mal, in Sport – da hast du doch sicher ein Sehr gut, oder?«

Heinz warf Belinda einen Blick zu, als

hätte sie ihm gerade eine Flasche Essig eingeflößt.

»Ein Befriedigend …?«, fragte Belinda vorsichtig nach.

Heinz schüttelte den Kopf. Dann sagte er leise: »Ein Ungenügend!« Und plötzlich brach es aus ihm heraus: wie sehr ihn Herr Brüggel, der Sportlehrer, immer und immer wieder scheuchte – und es klappte trotzdem nicht! Seitdem fühlte er sich wirklich krank und schlapp.

Das verstand Belinda. »Liegt es vielleicht bei euch in der Familie?«

»Ach was! Karl, mein Zwillingsbruder, ist sogar an einer Sportspezialschule, so gut ist der in Sport. Ich bin bloß in Mathe gut.«

»Bloß« ist gut, dachte Belinda. Sie überlegte einen Moment.

»Aber dass du einen Zwillingsbruder hast, Heinz, das finde ich interessant. Das bringt mich beinahe auf eine Idee.«

»So?«

Belinda nickte. Sie sah auf die Uhr. »Warte mal, ich will nur noch schnell das Märchen vom Hasen und vom Igel zu Ende lesen. Ich muss wissen, wie der Wettlauf zwischen den beiden ausgeht. Dann sehen wir weiter.«

Heinz zuckte die Schultern. »Von mir aus. Ich gehe jedenfalls nicht hin. Nein. Ich soll heute Nachmittag zur Nachprüfung, aber ich gehe nicht hin. Auf keinen Fall. Nie.«

»Sage nie nie!« Dieser Spruch hing eingerahmt über dem Schreibtisch in der Werkstatt. Es war Curd Carusos Leitspruch. Daran musste Belinda denken, als sie Punkt drei Uhr den Schulhof betrat. Mit Heinz! Auf den letzten Metern war Heinz immer langsamer geworden, jetzt blieb der Junge stehen.

»Tarzan!«, flüsterte er bibbernd und zog Belinda am Arm.

»Was? Wo?« Belinda sah sich erschrocken um.

»Da!«

Richtig, da stand er! Im giftgrün glitzernden Jogginganzug, breitbeinig, die Hände auf dem Rücken: »Hopphopp, Moppel, ich warte!«

Tarzan, beziehungsweise Herr Brüggel, lachte. »Ich sehe, du hast Unterstützung mitgebracht. Na, dann wird es heute vielleicht sogar ein Ungenügend plus.« Aber nur sein Mund lachte. Seine Augen lachten nicht.

»Das ist meine Trainerin«, sagte Heinz tapfer.

»Da bin ich ja gespannt!« Herr Brüggel steckte seine Trillerpfeife in den Mund. Immer wenn er nicht weiter wusste, pfiff er. Er pfiff ziemlich oft. Jetzt zum Beispiel. »Los, Sportsfreund, fünf Runden! Du kennst ja die Strecke. Da hinten um die Kastanie und wieder zurück. Fünfmal! Hopp!«

Heinz rannte los. Rannte? Er watschelte.

Der Sportlehrer verdrehte die Augen.

»Warten Sie es ab«, sagte Belinda ernst, »er steigert sich noch.«

»Aber ja, natürlich. – Nun guck doch nicht so böse. Heinz und ich – wir sind dicke Freunde«, sagte Herr Brüggel und er warf einen spöttischen Blick zu

Heinz hinüber, der sich vergeblich abmühte.

Belinda sagte nichts. Mit der Trillerpfeifenschnur um den Hals, fand sie, sah Herr Brüggel ein bisschen aus wie Sieberts Dackel.

»Wissen Sie«, sagte Belinda nach einer Weile, »Sie haben große Ähnlichkeit mit jemandem, den ich gut kenne.«

»Ach ja«, sagte Herr Brüggel und zog seinen Bauch ein, »sicher ein netter Junge, der dich manchmal ausführt ...«

Belinda schüttelte den Kopf: »Nein, eher ein kleines, krummbeiniges Männchen, das ich manchmal ausführen muss.«

Beleidigt schnaufte Herr Brüggel aus – und da hing auch sein Bauch wieder über die Hose. Er steckte die Trillerpfeife in den Mund und ... ja, was war denn das?

Kaum hatte Heinz den großen Kasta-

nienbaum umrundet, war er wie ausgewechselt. Er rannte nicht, nein, er flog an Belinda und dem Sportlehrer vorbei. Dem stand der Mund offen. Er vergaß sogar zu pfeifen.

»Wir haben vor allem die Zwischenspurts geübt«, erklärte Belinda und kniff die Augen zusammen.

Herr Brüggel starrte auf die Stoppuhr, auf den Läufer, auf die Uhr ... Unglaublich, schon die fünfte Runde!

Nachdem der Läufer zum letzten Mal die Kastanie passiert hatte, war er wieder sehr viel langsamer geworden. Gemütlich watschelte Heinz ins Ziel. »So ist es richtig«, sagte Belinda, »langsam abtouren. Wir sind ja nicht ehrgeizig.«

»Das war ja ... fast Europarekord!«, flüsterte Herr Brüggel. »Vielleicht Rückenwind?« Schon schnürte er sich die Turnschuhe fester, drückte Belinda die

Stoppuhr in die Hand – und rannte los. Seine paar Haare flogen im Wind, sein Gesicht war knallrot. Er biss die Zähne zusammen und rannte und rannte.

»Tief durchatmen!«, rief Heinz.

Völlig außer Atem lief Herr Brüggel ins Ziel. »Und?«

Belinda schüttelte bedauernd den Kopf: »Sie müssen noch viel üben. Oder war das erst Ihr Aufwärmlauf? Dann will ich nichts gesagt haben.«

Herr Brüggel war abwechselnd blass und rot geworden. Er hechelte. Genau wie Sieberts Dackel! Auch so einen traurigen Dackelblick hatte er jetzt. Schon ging er aber von neuem an den Start. »Los!«, keuchte er. Belinda drückte auf die Stoppuhr. Die Uhr begann zu laufen. Herr Brüggel aber lief nicht, er rannte, spurtete und sprintete …

Fast stürzte er ins Ziel!

»Sehr schön«, sagte Belinda freundlich, »Sie haben sich jetzt mehr Mühe gegeben als vorhin. Aber an Kar ... äh ... an Heinz kommen Sie natürlich nicht heran. Da fehlen noch ...« So schnell konnte Belinda das gar nicht ausrechnen.

Zum Glück stand Heinz neben ihr: »16,82 Sekunden«, sagte er.

Herr Brüggel lag flach im Gras. Er japste nach Luft. Sein Mund stand offen. Es sah aus, als wollte er ins Gras beißen.

»Das gibt es ja gar nicht«, jammerte er.

»Finden Sie das auch?«, gab Belinda ihm Recht. »Dass so ein begnadeter Sportler wie Heinz ein Ungenügend in Sport hat – das gibt es ja gar nicht!«

Kraftlos schüttelte Herr Brüggel den Kopf.

Da tat er Heinz sogar ein bisschen Leid. Er legte ihm die Hand auf die

Schulter und sagte: »Lassen Sie mal, Herr
Brüggel, Sport ist auch nicht alles.«

Draußen vor dem Schulhoftor wartete
Karl auf sie.

»Mensch, wie schnell du rennen
kannst«, staunte Heinz. »Das musst du
mir später mal beibringen.«

»Und du erst –«, sagte Belinda, »wie
schnell du rechnen kannst: 16,82 Sekunden. Das hätte ich nie so rasch herausbekommen!«

Als Belinda in die Werkstatt zurückkam,
wartete Curd Caruso schon. Heinz hatte
Belinda und Karl nämlich noch zum Eisessen in die Pinguin-Bar eingeladen.

»Eis essen?«, fragte Curd Caruso ungläubig.

»Fühlt denn der Junge sich schon
besser? Hat er wieder Appetit?«

»O ja, auf jeden Fall.«

Herr Caruso war sehr stolz auf Belinda. Aber vor allem natürlich auf sich selbst: »Siehst du, wie gut es war, dass ich dir einen Auftrag gegeben habe? Sonst würdest du jetzt immer noch in deinem Märchenbuch lesen.«

Belinda lächelte.

»Ich weiß schon, was du sagen willst. Natürlich, Märchen sind spannend. Trotzdem ist es ein ziemlich unnützer Zeitvertreib. Im Leben kann man nichts damit anfangen.

Da gibt es nichts zu lachen, Belinda! Hörst du mir überhaupt zu?«

Fünftes Kapitel
Hilfe, Polizei!

»Du siehst doch, Belinda, ich bin beschäftigt. Stör mich jetzt bitte nicht.«

O ja, diese Sätze kannte Belinda! Das war ja schon fast wie zu Hause ...

Unschlüssig stand sie in der offenen Tür.

Seit dem Morgen war der Meister nicht aus seiner Werkstatt herausgekommen. Er saß vor dem Computer und überlegte.

Als Belinda sich noch immer nicht vom Fleck rührte, blickte er auf. »Ach«, stöhnte er, »man müsste noch mal Kind sein. Herrlich, immer hatte man Zeit, nie hatte man Probleme ...«

Ungläubig schüttelte Belinda den Kopf. Wie konnte man nur so vergesslich sein!

Die ganz alten Leute waren da ehrlicher. Die sagten wenigstens: Gottchen, bin ich vergesslich, ich vergesse einfach alles. Aber die normalen Erwachsenen wie Curd Caruso sind so vergesslich, dass sie sich nicht einmal mehr daran erinnern, dass sie, als sie selber Kinder waren, auch nie Zeit hatten und immerzu Probleme.

Schlimm, so vergesslich zu sein!

Ob der Meister wenigstens an den »Ratgeber für kleine Schwestern« gedacht hatte?

»Belinda«, sagte er, »zurzeit schreibe ich an einem ganz wichtigen Brief! Da darf ich nicht abgelenkt werden. Das ›Ratgeberbuch‹, das ... äh ...«

Belinda nickte. Sie wusste schon, was

Curd Caruso gerade erfand: Ausreden!
Nichts als Ausreden!

Der Meister sah, dass Belinda traurig war. Er winkte sie zu sich heran: »Komm mal her, ich zeig dir was. – Weißt du noch, wie Erfindungen sein müssen?«

Belinda schniefte beleidigt aus. Das war ja fast, als würde Frau Stubenrauch sie fragen: Was ist 1 plus 1? Belinda verdrehte die Augen: »Einfach und neu.«

»Richtig, Belinda«, sagte Curd Caruso geduldig. »Siehst du, und so etwas habe ich erfunden! Sicher warst du schon mal im Zoo und weißt, was ein Streichelzoo ist.«

Belinda nickte: »Ponys und so …«

»Ja, solche Streichelzoos gibt es überall. Aber mein Streichelzoo – der ist eben etwas Besonderes, eine Attraktion. So etwas gab es noch nie! Ein Streichelzoo

mit Skorpionen, Kreuzottern, Spinnen …
– Na, wie findest du das?«

Belinda verzog angewidert ihr Gesicht:
»Nett.«

Zufrieden nickte Caruso: »Ich sehe, das
ist auch für dich noch ein bisschen neu.
Aber genauso muss es sein: einfach und
neu. Sonst wäre es ja langweilig und
keine Erfindung!«

Nein, langweilig war dieser Streichelzoo sicher nicht. Nur etwas leer! Der Zoodirektor hatte Curd Caruso nämlich gerade einen wütenden Brief geschrieben
und sich darüber beschwert, dass alle
Zoobesucher einen großen Bogen um
diese sensationelle Weltneuheit mach-
ten …

»*O sole mio*«, machte es an der Tür.

»O nein, ich kann jetzt wirklich nicht.
Gehst du mal bitte, Belinda!« Und schon
starrte Curd Caruso wieder auf seinen

Bildschirm. Er musste nämlich einen gepfefferten Antwortbrief an den Zoodirektor schreiben.

Polizei!

Vor der Tür stand ein Polizist.

Das hat uns gerade noch gefehlt, dachte Belinda. Wurde sie vielleicht schon gesucht?

»Guten Tag«, sagte der Polizist höflich. »Ich hätte da ein Problem ...«

Belinda atmete erleichtert auf. »Bitte. Der Chef ist zwar gerade sehr beschäftigt. Aber vielleicht kann ich Ihnen helfen?«

»Ja, vielleicht.«

Der Polizist seufzte: »Wenn die Leute ein Problem haben, dann rufen sie: ›Polizei! Polizei!‹ Aber an wen soll sich die Polizei wenden, wenn die mal ein Problem hat?«

Wirklich, ein Problem. Das verstand auch Belinda.

Der Polizist setzte sich auf einen Stuhl. »Ich habe in meiner Laufbahn viele Fälle gelöst! Schon mal was von Theo, dem Taschendieb, gehört?«

Belinda schüttelte den Kopf.

»Ein Taschendieb, wie er im Buche steht!«, schwärmte der Polizist, seine Augen glänzten. »Nichts war vor ihm sicher: Handtaschen, Schultaschen, Maultaschen. Auch Taschenkalender, Taschenuhren, Taschenlampen, Taschenbücher und Taschentücher – alles! Sogar Taschenflaschen!«

»Und jetzt?«, fragte Belinda.

»Tja«, der Polizist nickte nachdenklich, »wie sagte schon mein Freund Günter Bruno Fuchs: Diebe, die nichts dazulernen wollen, werden mit einem Jahr Gefängnis oder mehr bestraft.«

Ein Glück, dass ich noch ein Kind bin, überlegte Belinda. Da komme ich wenigstens nicht gleich in den Knast, wenn ich mal nicht richtig lerne ...

»Ich war immer gerne Polizist. Nur in letzter Zeit, da habe ich überhaupt keine Freude mehr an meinem Beruf. Ich werde um die Früchte meiner Arbeit betrogen. Vielleicht hast du davon in der Zeitung gelesen? Dauernd diese Einbrüche im Speicherhaus am Hafen. Getreide verschwindet, zentnerweise! Nur die leeren Säcke lassen sie zurück. Ich habe alles untersucht. Keine aufgebrochenen Türen oder Fenster. Keine Fußabdrücke. Keine Fingerabdrücke. Nichts. Und alle Welt sagt: Die Polizei schläft mal wieder. Aber ich schlafe schon seit Wochen nicht mehr richtig. Sogar nachts gehe ich auf Streife!«

Belinda hatte alles aufgeschrieben. Sie

versprach dem Polizisten, der Chef werde sich um diesen rätselhaften Fall kümmern.

In der Werkstatt saß Curd Caruso immer noch an seinem Antwortschreiben. Noch nicht einmal die Anrede hatte er geschafft. Sollte er nun schreiben »Lieber Zoodirektor« oder »Sehr verehrter Zoodirektor«? So sehr verehren tat er den Zoodirektor eigentlich nicht mehr, seit dieser einen derart unverschämten Brief geschrieben hatte. Und »Lieber« – davon konnte schon gar keine Rede sein. »Ungeliebter Zoodirektor« …?

Da kam ihm Belinda wie gerufen. Ein neuer Fall – sogar ein Kriminalfall! Curd Caruso klappte erfreut den Laptop zu: »Das werden wir uns mal eigenäugig ansehen!«

Auf einmal war er sehr beschäftigt. Er

packte eine Taschenlampe ein, Handschuhe, ein Seil.

»Wozu denn das Seil?«, wollte Belinda wissen.

»Ich tippe mal, wir werden uns dort abseilen müssen. Am Speicherhaus, da ist doch ein hoher Zaun.«

»Ist das nicht gefährlich?«

»Ha, gefährlich!« Der Meister ließ gefährlich seine Augen aufblitzen.

»Außerdem nehmen wir noch Miezi mit«, entschied er, »die sieht im Dunkeln doppelt so viel wie wir beide zusammen.«

Als es dunkel geworden war, verließen die drei das Haus. Miezi schlich vorneweg, der Meister und Belinda schlichen hinterher.

Die Straßen waren leer.

Am Hafen versperrte ihnen tatsächlich ein hoher eiserner Gitterzaun den Weg. Curd Caruso sah sich um. Da entdeckte er einen weit ausladenden Kastanienbaum. Dessen Äste ragten über die Gitterstäbe.

Wie ein Lasso warf Curd Caruso das Seil über einen dicken Ast. Ein Ende band er sich um den Bauch, das andere Ende gab er Belinda.

»Nicht loslassen!«, flüsterte er. »Unter gar keinen Umständen loslassen. Immer schön fest halten. Und – pst! Kein Wort!«

So schnell, wie Belinda es ihm gar nicht zugetraut hätte, war Curd Caruso auf den Baum gestiegen und ließ sich nun an der anderen Seite des Zaunes langsam wieder herab. Belinda hielt fest und ließ das Seil nur in winzigen Rucken nach. Das war nicht schwer, zum Glück trug sie die Handschuhe und Curd Caruso war auch nicht schwer – ein Leichtgewicht!

Er baumelte jetzt schon auf halber Höhe.

Auf einmal war es Belinda, als hätte sie Schritte gehört …

Da ruckte es am Seil. Durch die Gitterstäbe sah Belinda, wie Curd Caruso ihr Zeichen machte. Er tat so, als wollte er fortlaufen, seine Beine zappelten in der Luft. Er bewegte die Lippen – aber er sagte kein Wort. Schließlich rang er die Hände.

Alles klar! Belinda nickte. Unter keinen Umständen loslassen, sie hatte verstanden. Zur Bestätigung streckte sie

ihren Daumen hoch. Der Meister schlug sich mit der flachen Hand an die Stirn und verdrehte die Augen ...

Das konnte Belinda genau sehen, denn der Strahl einer Taschenlampe war plötzlich auf Curd Carusos Gesicht gerichtet.

»Halt!«, rief eine Stimme.

Belinda hielt das Seil ganz fest, mit beiden Händen.

»Loslassen!«, zischte Caruso.

»Ha! Von wegen. Hab ich dich endlich, du Ganove.«

Jetzt sah Belinda, dass es der Polizist war.

»Gut, dass Sie kommen!«, rief Curd Caruso erleichtert.

»Das glaube ich allerdings auch, du Spitzbube. Du bist festgenommen.«

»Aber ...«

»Kein Aber! Du kannst uns alles auf dem Revier erzählen«, schnauzte der Polizist den armen Curd Caruso an.

Der schnappte nach Luft.

»Ja, schnapp ruhig noch ein bisschen Luft«, brummte der Polizist. »Für die nächsten Jährchen dürfte es nur gesiebte Luft für dich geben.«

Da blieb Curd Caruso vollends die Luft weg, und weil ihm nichts anderes einfiel, rief er plötzlich: »Duzen Sie mich nicht dauernd!«

»Verbrecher werden grundsätzlich geduzt«, knurrte der Polizist.

Verbrecher und Kinder, korrigierte Belinda im Stillen.

»Verbrecher, ha! Dass ich nicht lache.« Aber Curd Caruso lachte nicht. Im Gegenteil, er jammerte: »Bloß weil diese Göre mich nicht losgelassen hat.«

Der Polizist leuchtete zu Belinda hinüber. »Ein Glück«, fuhr er Curd Caruso an, »ein Glück, dass es solche Gören gibt. Sonst hätte ich dich nie geschnappt.«

Belinda wollte ihm gerade erklären, dass ...

»Erstklassige Arbeit!«, unterbrach sie der Polizist. »Du brauchst nichts zu sagen. Ich danke dir für deine Hilfe.«

»Das ist doch der Meister!«, rief Belinda.

»Ein Meisterdieb? Das wird ja immer besser.« Und ehe Belinda noch etwas erwidern konnte, hatte der Polizist Curd Caruso schon abgeführt.

Da stand Belinda nun.

Sie sah sich um. Es war dunkel und sie war ganz allein.

Miezi! Um Himmels willen, wo war denn Miezi? Nichts zu sehen, keine Spur. Belinda fing an zu weinen. Sie weinte Rotz und Wasser. Ganze drei Taschentücher voll!

Sechstes Kapitel
Zehntausend Wasserflöhe

»Hast du die Gipstüte gesehen?«

Endlich! Seit Curd Caruso wieder zu Hause war, hatte er nicht ein Wort zu Belinda gesagt. Ein Glück, er sprach also wieder mit ihr!

Gestern Mittag hatte der Polizist Curd Caruso aus Mangel an Beweisen wieder laufen lassen. Sehr ungern! Denn die Aussagen, die Curd Caruso zu Protokoll gegeben hatte, hielt der Polizist allesamt für »frei erfunden«.

Kein Wunder bei einem Erfinder!

»Belinda! Ob du die Gipstüte gesehen hast?«

»Nein«, rief Belinda fröhlich aus der Küche. Leider konnte sie auch nicht suchen helfen. Sie buk nämlich gerade einen Kuchen. Eine Überraschung – zur Feier des Tages! Denn nicht nur Curd Caruso, auch Miezi war inzwischen wieder aufgetaucht.

Erst hatte Belinda die dicke Katze, die vor der Tür saß, gar nicht erkannt. Doch dann sah sie die Fahrradkatzenaugen auf dem Halsband – eine Erfindung Curd Carusos, falls Miezi nachts über die Straße musste.

Kein Zweifel – es war Miezi. Aber dick war sie geworden! Und faul. Sie legte sich auch gleich auf ihren Platz, ließ sich die Sonne auf den neuerdings kugelrunden Bauch scheinen und leckte sich das Fell. Verträumt dachte sie zurück an das wunderschöne Drei-Sterne-Feinschmecker-restaurant. Die große Halle mit den Ge-

treidesäcken und dazwischen überall
diese vielen kleinen und – mmmh!
leckeren Mäuse ... Zum Fressen süß!

Ganz so lecker sah der klebrige Teig, den
Belinda knetete, nicht aus. Er klumpte,
klebte an Belindas Fingern fest und sie
hatte große Mühe, ihn überhaupt in die
Kuchenform zu pressen. Schließlich
schob sie alles in den Backofen und
wischte sich den Schweiß von der Stirn.

Curd Caruso steckte die Nase zur Tür herein: »Mh, das riecht ja … interessant, würde ich sagen.«

»Ich backe uns einen Kuchen«, sagte Belinda stolz.

»Das trifft sich gut. Wir bekommen nämlich Besuch.« Der Meister zog einen Kamm aus der Hosentasche und fuhr sich damit durchs struppige Haar. »Damenbesuch!«

Die Gipstüte aber hatte er immer noch nicht gefunden. Zu ärgerlich! Der Polizist hatte nämlich, bevor er Curd Caruso in die Zelle sperrte, gesagt: »Jetzt hast du viel Zeit nachzudenken.« Genau diesen Tipp hatte Curd Caruso befolgt. Und dabei war ihm ein neuer Entwurf für den Streichelzoo eingefallen. Den wollte er unbedingt in Gips modellieren.

Curd Caruso stellte also weiterhin die Wohnung auf den Kopf, während Belinda staunend vor dem Backofen kniete. In dem blubberte, puffte und knallte es ganz sonderbar ...

Belinda bekam Angst. Am besten, sie holte den Meister! Sie lief durchs Haus, doch der Meister war nirgends zu finden.

Da, auf einmal, hörte sie Stimmen. Und zwar aus dem Raum, in dem sich Curd Carusos allerwichtigste, streng geheime Erfindung befand. »Wo ist der Gips?«, hörte sie den Meister streng fragen. »Wo ist der Gips?«

»Gibt's nicht«, antwortete jemand. Belinda presste die Hand vor den Mund, der vor Staunen ganz weit offen stand. Wer konnte das bloß sein? Kopfschüttelnd rannte sie in die Küche zurück, wo aus der Backröhre noch immer unheimliche Geräusche kamen.

Belinda schaltete das Radio laut, da

hörte sie das seltsame Kuchenknallen
wenigstens nicht so.

Beinahe hätte sie sogar den Besuch überhört. Bello bellte zwar, aber ... was war nur mit Miezi los? Nichts! Sie schlief seelenruhig weiter, verträumte einfach ihren Einsatz. Da saßen auch die Rennmäuse mucksmäuschenstill in ihrem Laufrad, sagten keinen Pieps und rührten sich nicht von der Stelle. Deshalb blieb auch das Grammophon stumm.

»Hallo! Ist hier niemand?«, rief es draußen.

Da, endlich, hatte Belinda es gehört. Sie ließ den Kuchen Kuchen sein und rannte zur Tür.

Eine elegante Dame! Das musste sogar Belinda zugeben. Sie hatte sich auch mit einem exklusiven Namen vorgestellt: Mimi Mäander.

Nur ein bisschen durcheinander war sie. »Wo habe ich denn nur meine Visitenkarte?«, fragte sie, als sie in der Werkstatt waren. Und da sie die Karte nicht gleich fand, stülpte sie kurzerhand ihre Handtasche um.

Du lieber Himmel! Belinda war begeistert: Das müsste Frau Stubenrauch sehen! Fast so ein Durcheinander wie bei mir in der Schultasche.

In der Tat, da lagen Taschentücher, ein Lippenstift, ein Kugelschreiber, Kopfschmerztabletten, Fahrscheine, eine Telefonkarte, ein Fotoapparat, Autoschlüssel, eine Nagelfeile, Notizbücher, eine Brieftasche ... und da waren auch die Visitenkarten, na endlich.

»Mimi Mäander«, stand darauf, »Lokalreporterin für *Fix und fertig* – Die schnellste Zeitung der Welt«.

Curd Caruso zog die Augenbrauen

hoch. »Interessant, Sie kommen von der Zeitung?«

»Zeitung«, sagte Frau Mäander spitz, »kann man das wohl kaum noch nennen. Es ist ein Irrenhaus.«

»Und – wie kann ich Ihnen da helfen?«

Mimi Mäander zuckte die Schultern. »Ich muss irgendwie ... schneller werden. Mimi, sagt mein Chef immer, Mimi, du bist zu langsam. Wir sind nicht *Die Schneckenpost*.

Zur Strafe haben Sie mich in die Kreuzworträtselecke gesteckt. – Können Sie sich das vorstellen?«

Curd Caruso schüttelte mitfühlend den Kopf. »Das ist ein komplizierter Fall. Ich schlage zunächst mal vor: abwarten und Tee trinken. Ich muss da auch zuerst noch eine andere Sache erledigen. Ich war nämlich gerade längere Zeit nicht da ...«

»Ach, Sie waren verreist? Eine Dienstreise?«

»Sozusagen, ja.«

(Belinda wunderte sich, dass Erwachsene immer so viel lügen müssen.)

Beim Abschied fragte Frau Mäander noch: »Ach, Sie kennen nicht zufällig einen oberägyptischen Steuerberater aus dem dritten Jahrhundert mit Segelohren und mit fünf Buchstaben und der letzte Buchstabe ist ein M?«

Curd Carusos Mund stand sprachlos offen. »Sehen Sie, ich auch nicht. Ich muss wirklich schnell aus dieser verflixten Kreuzworträtselredaktion heraus.«

Curd Caruso saß im Sessel. Wie wird man schneller?

Langsam zog er ein dickes Physikbuch aus dem Regal hervor und las darin.

Schließlich nahm er einen Filzstift und schrieb eine Formel an die Wand:

$$v = \frac{s}{t}$$

Ja, das war es!

Er klappte das Buch zu.

Belinda zog die Stirn kraus und versuchte, die Formel zu verstehen. Doch ihr Gesicht war ein großes Fragezeichen.

»Das ist doch ganz einfach, Belinda. Die Geschwindigkeit ist gleich Weg geteilt durch Zeit. Kilometer pro Stunde, zum Beispiel.«

Mh, das wusste Belinda.

»Um die Geschwindigkeit zu erhöhen, muss man entweder denselben Weg in einer kürzeren Zeit zurücklegen oder in derselben Zeit einen längeren Weg. Dann ist man schneller. Klar? Am besten, du rufst Frau Mäander gleich an.«

»Und – was soll ich ihr sagen?«

»Na, was ich dir eben erklärt habe. Oder hast du etwa nicht aufgepasst?«

»Doch, schon. – Aber meinen Sie denn, das hilft ihr?«

Der Meister zuckte die Schultern: »Die Formel stimmt jedenfalls, dafür bürge ich.«

Vielleicht, überlegte Belinda, gibt es Sachen, die stimmen – und sie helfen einem trotzdem nicht weiter ...

»Kann man die Zeit nicht einfach ... überholen?«, wollte sie wissen.

Der Meister lächelte müde: »Ach, Belinda, du musst noch sehr viel lernen. So etwas ist unmöglich.«

Eine schwierige Sache, die Zeit ...

Ach, du liebe Zeit! Belinda sprang auf und rannte zur Küche. Zum Glück kannte sie sich dort einigermaßen aus. Obwohl sie nichts sehen konnte, fand sie ziemlich schnell den Herd und bald auch das Fenster. Sie riss es weit auf. Langsam verzog sich der Qualm.

Der Kuchen, o Wunder, war aber nicht völlig verbrannt. Nur sehr, sehr hart! Mit einem Hammer schlug Belinda einige Stücke ab. Dann streute sie Puderzucker darüber und trug den Kuchenteller in die Werkstatt. Curd Caruso suchte immer noch die Tüte mit Gips.

»Oh, der Kuchen!«, freute er sich, nahm sich ein Stück und steckte es in den Mund.

Er sah Belinda nachdenklich an.

Er schluckte.

Sein Mund stand halb offen.

»Schmeckt prima«, knirschte er.

(Dass Erwachsene immer lügen müssen! Aber eigentlich fand Belinda das auch sehr nett.)

Unauffällig nahm sie das Stück, an dem sie ergebnislos herumgeknabbert hatte, aus dem Mund und legte es zurück auf den Teller.

Auch Curd Caruso schien nach diesem einen Bissen schon ganz satt zu sein. »Ich suche dann mal weiter«, entschuldigte er sich. Da hatte Belinda auf einmal eine schlimme Ahnung ...

»Suchen Sie zufällig eine weiße Tüte mit blauer Schrift?«

»Ja, genau!«, rief Curd Caruso. »Na endlich. Hast du sie gesehen?«

»Nein, nein«, sagte Belinda leise, »die habe ich nicht gesehen.« (Auch Kinder lügen ja manchmal ...)

Später, als Curd Caruso auf eine Leiter gestiegen war, um auf den Schränken nachzusehen, holte Belinda kopfschüttelnd eine weiße Tüte mit blauer Schrift aus der Küche ... Unauffällig stellte sie die Tüte wieder in die Vorratskammer. So etwas passiert eben, wenn es schnell gehen muss!

Von wegen schnell – was wohl die langsame Mimi Mäander machte?

Abwarten und Tee trinken! Wie es ihr Curd Caruso empfohlen hatte, lag Mimi Mäander zu Hause auf dem Sofa, blätterte in alten Illustrierten, wartete ab und trank Tee. Schon die fünfte Kanne.

»Ich kaufe dann noch mal ein. Wir brauchen Mehl«, rief Belinda in den Keller, wo Curd Caruso die Gipstüte suchte.

»Willst du etwa schon wieder Kuchen backen?«, fragte der Meister erschrocken. »Das ist wirklich nicht nötig. Bring lieber eine Tüte Gips mit, hörst du?«

Doch da war Belinda schon zur Tür hinaus. Eine halbe Stunde später klingelte bei Mimi Mäander das Telefon. Eine seltsame Piepsstimme meldete sich: »Hören Sie gut zu: Im Brunnen am Marktplatz ist eine gefährliche Wasserflohplage ausgebrochen. Das muss in die Zeitung!«

»Hallo! Wer spricht denn da?«, wollte Mimi Mäander wissen, aber da wurde schon aufgelegt. »Oh, ein anonymer Anruf«, hauchte Mimi Mäander entzückt und eilte sofort an den Ort des Geschehens.

»Hilfe! Die Wasserflöhe kommen!« – stand am nächsten Tag in großen Lettern auf Seite 1 von *Fix und fertig*. Und darunter: »Lesen Sie Mimi Mäanders Aufsehen erregende Exklusivreportage über eine geheimnisvolle Invasion.« Schon kurz vor Mittag waren alle Exemplare ausverkauft.

Am Nachmittag aber kaufte Mimi Mäander einen großen Teerosenstrauß und besuchte Curd Caruso.

»Es hat geholfen. Sie sind ein wahrer Meister!«, jubelte sie und gab ihm einen Kuss auf die Stirn. Curd Caruso schüttelte verlegen den Kopf, erzählte etwas von

Weg und Zeit und Geschwindigkeit …
Und obwohl Mimi Mäander kein Wort davon verstand, nickte sie ihm dankbar zu. Sie war glücklich. Ihr Chef hatte sie heute – vor versammelter Belegschaft! – »unsere flotte Mimi« genannt.

Nur Belinda war nicht ganz zufrieden: »Man soll auch nicht alles glauben, was in der Zeitung steht.«

Curd Caruso legte die Stirn, auf der noch der frische Abdruck von Mimi Mäanders Lippenstift war, in strenge Falten: »Du bist doch nicht etwa neidisch?«

»Nein, gar nicht.« Belinda schüttelte den Kopf.

»Willst du vielleicht auch einmal Journalistin werden?«, wollte Mimi Mäander wissen.

Belinda zuckte die Schultern: »Bestimmt nicht. Ich werde lieber Haremsdame.«

Lauthals lachte Mimi Mäander:
»Aber ... aber so einen Beruf, den gibt es doch gar nicht.«

»Eben drum«, sagte Belinda, »deshalb ja.«

Sie verzog ihr Gesicht und dann verzog sie sich in ihr Zimmer. Von Erwachsenengesprächen hatte sie für heute wirklich genug!

Belinda saß am Tisch und hörte, wie Mimi Mäander zu Curd Caruso sagte:
»... ein aufgewecktes Kind!«

Ph, machte Belinda und schnitt eine Grimasse.

»Vielleicht wird sie eines Tages tatsächlich eine ebenso erfolgreiche Journalistin wie Sie, Fräulein Mäander«, säuselte Curd Caruso.

Belinda schüttelte heftig den Kopf. Nie! Dann schon lieber ... nein, Haremsdame auch nicht, das war ihr vorhin nur so eingefallen.

... Dichterin!

In der richtigen Stimmung dafür war sie ja! Sie hatte nämlich gerade an zu Hause gedacht. Da war ihr das Herz ganz schwer geworden – wie ein Stein, ein großer, warmer, pochender Stein. Sogar als sie an Karoline dachte, ging ihr das so. Ob Karoline sie auch schon vermisste?

Doch sosehr Belinda sich auch abmühte: Alle Zeilen, die sie aufschrieb, endeten auf »Herz« und »Schmerz«.

Frau Stubenrauch meinte immer: Das sind keine eleganten Reime.

Aber vielleicht fiel ja Belinda doch noch etwas anderes ein, etwas Lustigeres?

Sie stöberte in ihren Erinnerungen ... Vorhin, als sie an zu Hause gedacht hatte, da ... ja, da war ihr die letzte große Ferienreise wieder eingefallen: Norwegen!

Die Trolle dort waren so süß gewesen! Erst hatte sie es gar nicht glauben wollen, aber dann sah sie es mit eigenen Augen: Überall in Norwegen gab es Trolle, wirklich überall! Auf T-Shirts, auf Tischdecken, auf Fingerhüten, auf Biergläsern. Sogar in ihrer Ferienwohnung, auf dem flauschigen rosaroten Klosettdeckelüberzug!

Nur ausgerechnet im Wald war ihr kein einziger Troll über den Weg gelaufen, obwohl sie doch so aufgepasst hatte ...

Schade. Belinda nahm ein Blatt und schrieb:

Die Trolle

Mh, der Titel war schon mal gut.

Belinda schloss die Augen. Lange überlegte sie.

Dann, urplötzlich, fielen ihr die ersten Zeilen ein, so schnell, dass sie kaum mitschreiben konnte:

Ihre Nase ist 'ne Knolle.
Ihre Hemden sind aus Wolle.
Sie essen gerne Fisch,
am liebsten Scholle!
Da freu'n sie sich wie Bolle,
richtig dolle.

Auch Belinda freute sich. Das hatte sie bis hierher sauber hinbekommen! Doch – jetzt musste was passieren. Sonst würde es langweilig.

Sitzen sie nun also da und ... ach ja! Belinda guckte finster:

> *Zu Hause wartet ihre Olle.*
> *Das ist ...*

entschied Belinda kurzerhand

> *... Frau Holle!*

Die passte ganz ausgezeichnet an diese Stelle.

> *Sie ist ein bisschen von der Rolle,*

(Kein Wunder, sie wartete ja auch schon so lange!)

> *doch das spielt keine Rolle*

– setzte Belinda unerbittlich hinzu. Verwende nie das gleiche Wort zweimal hintereinander, sagte Frau Stubenrauch immer. Darauf konnte Belinda jetzt wirklich keine Rücksicht nehmen! Schließlich musste das Gedicht ja auch mal fertig werden.

Also, Frau Holle wartet nun ... und wartet und ...

Sie ruft: Ich schmolle!
Ich hol die Polizei ...

Beziehungsweise, verbesserte Belinda

Ich hole die Kon-Trolle!

Belinda seufzte. Der Anfang gefiel ihr irgendwie besser.

Sie versuchte nachdenklich zu gucken. Vielleicht konnte man ja auf diese Weise einen brauchbaren Gedanken anlocken?

Doch es kam kein Gedanke. Stattdessen kam Curd Caruso.

»Sie sehen doch, ich bin beschäftigt! Stören Sie mich nicht!«, hätte Belinda am liebsten gesagt ... Aber was für einen komischen Zettel schwenkte der Meister denn da in der Luft herum?

»Sag mal, Belinda, was hat das zu bedeuten? Die Zoohandlung *Schimmelpfennig & Söhne* schickt uns hier eine Rechnung über zehntausend Wasserflöhe! Ich weiß gar nicht ... Kann das stimmen? Ist das richtig?«

Belinda hob langsam die Schultern und sah Curd Caruso groß an. Keine Ahnung!

Als Curd Caruso gegangen war, schüttelte sie den Kopf: Nachgezählt hatte sie die Wasserflöhe natürlich nicht! Es konnten durchaus auch 9999 oder 10 002 gewesen sein, die sie in das Brunnenbecken am Markt geschüttet hatte ...

Aber spielte das eine Rolle? Mimi Mäander hatte bekommen, was sie wollte: ihre Blitzexklusivreportage. Viel schlimmer war doch, dass Belinda mit dem Troll-Gedicht endgültig stecken geblieben war!

Rolle, Trolle, Nolle ...

Belinda schraubte ihren Füller zu.

Eine Dichterin zu sein, ist ganz schön. Aber auch schwer.

»Vielleicht werde ich doch lieber Haremsdame ...«, flüsterte Belinda.

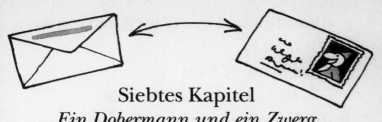

Siebtes Kapitel
Ein Dobermann und ein Zwerg

Belinda horchte an der Tür.

Gerade war nämlich ein seltsamer Mann in Curd Carusos Werkstatt gegangen. Gegangen? Nein, geschritten, fast geschwebt. Einen breitkrempigen Hut trug der Mann und, obwohl es draußen heiß war, einen langen weißen Schal …

»Du kannst ruhig hereinkommen, Belinda«, rief es von drinnen. Ach, warum hatte sie nur wieder Carusos Türspiegel-Erfindung vergessen!

Belinda steckte die Hände in die Hosentaschen und schlenderte in die Werkstatt.

»Das ist Belinda!«, stellte Curd Caruso vor.

»Und Sie sind, bitte, wer?«

»Ho-ho!«, lachte der Fremde dröhnend. »Sie scherzen, Meister! Ha! Sie kennen mich. Wer kennt mich nicht! –

Gestatten, Schnutz!«

»Schnutz? Schnutz ... Schnutz ...«, versuchte Curd Caruso sich zu erinnern. Er kratzte sich hinterm Ohr. Aber auch das half nicht.

Herr Schnutz, in der Mitte des Raumes, presste seine Hände gewaltig gegen die Brust: »Wie? Kann es sein, dass Sie das Stadttheater, die Oase dieser sch ... schn ... schnöden Stadt, nicht kennen? Und mich nicht? – Anselm Schnutz?! Ha ... Ha ... Hamlet und kürzlich erst den Wilhelm Tell nicht kennen?«

»Ach, Sie sind ...«

»Genau! Sie haben es erfasst: Künstler!«

Er hatte sich kurz verbeugt, dann aber die Augenbrauen so fürchterlich weit hochgerissen, dass Belinda vor Schreck zusammengezuckt war.

Caruso nickte. »So etwas Ähnliches hatte ich in der Tat befürchtet«, flüsterte er. Und laut, mit amtlicher Stimme, fragte er Herrn Schnutz: »Haben Sie sonst noch Probleme?«

»O ja, die habe ich wohl ...«, hob Schnutz wieder an.

»Sie können aber ganz normal reden«, unterbrach Belinda ihn vorsichtig, »sonst ist es etwas schwierig, Notizen zu machen.«

»Bitte, bitte! Wie du willst!« Schnutz warf den Hut und den Schal weit von sich. Sich selbst aber warf er in den Sessel, Arme und Beine weit von sich gestreckt.

»Ich bin erledigt«, hauchte er mit Grabesstimme. Curd Caruso nickte. Das hatte er sich gedacht.

»Was fehlt Ihnen denn?«

»Was mir fehlt?! Krawuttke! Krawuttke fehlt mir. Er ist ... krank!« Schnutz schluchzte kurz, hatte sich aber schnell wieder gefasst.

»Der wird bestimmt wieder gesund«, wollte Belinda ihn trösten.

»Ja, aber nächsten Donnerstag ist Premiere! Und wir können doch nicht ›Schneewittchen und die sechs Zwerge‹ spielen!«

»Aber es wird sich doch für diesen Herrn Krafutzke, oder wie der Kerl heißt, ein Ersatzzwerg finden lassen!«

Schnutz lachte auf: »Sie haben wirklich keine Ahnung! Um einen Zwerg zu spielen, da braucht es Größe! Innere Größe, falls Sie verstehen ...«

Belinda dachte an ihre Schulaufführung. Innere Größe, ja ... Das war das Vernünftigste, was Herr Schnutz bisher von sich gegeben hatte. Curd Caruso seufzte. »Ich werde sehen, was sich machen lässt, Herr Schnutz. Sie hören von mir.«

Schnutz nahm Hut und Schal auf ... Gerade wollte er aus der Werkstatt gehen, da machte er noch einmal auf dem Absatz kehrt. Sein Blick war funkelnd auf Belinda gerichtet. Die erschrak!

»Ich sehe doch, du willst ein Autogramm! Na, gib schon her.« Und ehe Belinda ein Wort sagen konnte, hatte Schnutz ihr den Notizblock aus der Hand genommen und einen Kringel aufs Papier gemalt. Das sollte wohl »Schnutz« heißen. Es sah aber aus wie ein Regenwurm im Gewitterguss.

Mist, dachte Belinda, das ganze schöne Blatt verschnutzt!

Hocherhobenen Hauptes schritt Schnutz davon.

Curd Caruso stöhnte erleichtert auf.

»So, jetzt aber zu Wichtigerem.« Er setzte sich die Brille auf. »Auch wenn er sich das einbildet, Schnutz ist nicht alles. – Sieh mal, was vorhin mit der Post gekommen ist: eine hochinteressante Flaschenpost!«

Auf dem Schreibtisch stand tatsächlich eine dunkelgrüne Aquavitflasche. Und darinnen steckte ein zusammengerollter Brief. Curd Caruso zog ihn vorsichtig mit einer Pinzette heraus und las ihn Belinda vor:

›Sehr geehrter Dr. Caruso!
Das Leben rauscht an mir vorüber, doch ich bin auf meinem Leuchtturm immer so schrecklich einsam STOPP
Was kann man da nur machen? STOPP

*Hochachtungsvoll
Hans Hansen, Leuchtturmwärter‹*

Die Schrift war etwas verwischt ...
Curd Caruso überlegte eine Weile, dann hatte er es: In solchen Fällen hilft ein Haustier! Er diktierte Belinda einen kurzen Antwortbrief:

*›Ich habe über Ihr Problem nachgedacht: Das ist kein Drama! Besorgen Sie sich einen Hund, am besten einen Dobermann – der bringt Leben in die Bude.
Viel Glück auf Ihrem weiteren Lebensweg!
Mit freundlichen Grüßen
Curd Caruso‹*

Kurz und herzlos, fand Belinda – doch eine bessere Idee hatte sie auch nicht.
»Und was machen wir mit Schnutz?«, fragte sie.

»Schnutz? Ach, den vergessen wir.«

Aber im nächsten Moment hatte Curd Caruso einen glänzenden Einfall: »Na klar! Das ist die Lösung. Meine alte Freundin Eleonore Müller-Frankenstein! Seit Jahren sitzt sie zu Hause und wartet auf die Rolle ihres Lebens.«

Und Curd Caruso diktierte noch einen zweiten Brief:

›Ich habe über Ihr Problem nachgedacht: Wenden Sie sich an Eleonore Müller-Frankenstein! Eine Idealbesetzung! ...‹

Es wurde ein ziemlich langer Brief, denn Curd Caruso schilderte genauestens alle Vorzüge von Eleonore.

Sicher, dachte Belinda, war er mal verliebt in sie.

»So, Belinda. Du schreibst noch die Briefumschläge – einmal an das Stadttheater, einmal an den Leuchtturm – und dann: ab die Post! Aber Eilpost! Du weißt ja, nächsten Donnerstag ist Premiere.«

Belinda schrieb zwei Umschläge, steckte schnell die Briefe hinein und lief zur Post. Sie war aber nicht ganz bei der Sache. Immerzu musste sie an den armen, einsamen Leuchtturmwärter denken ...

Zwei Tage später saß Hans Hansen oben in seinem Leuchtturm am Abendbrottisch. Doch die chinesische Fischsuppe aus der Tüte, auf die er sich schon so gefreut hatte, war ihm heute kalt geworden.

Mit der Post war nämlich ein Brief gekommen! Hans Hansen hatte ihn schon zweimal gelesen. Aber er wurde nicht schlau daraus.

›Ich habe über Ihr Problem nachgedacht: Wenden Sie sich an Eleonore Müller-Frankenstein! Eine Idealbesetzung! Lassen Sie sich nicht täuschen: Auch als Frau steht sie ihren Mann; beziehungsweise natürlich: ihren Zwerg! Sie beherrscht alle klassischen Rollen, von der Ulknudel bis zur tragischen Heldin.‹

»Ho«, staunte Hans Hansen unschlüssig.

*›Hervorragende Kritiken auch in der Fachpresse!
Na denn, nur kein Lampenfieber, Sie alter Filou, und toi-toi-toi,
Curd Caruso‹*

»Alter Filou«, lachte Hans Hansen behäbig. Dann sah er nachdenklich aufs Meer hinaus, guckte auf die Taschenuhr: Jawohl, die Sonne ging auch heute wieder pünktlich unter.

Er lag schon in der Koje – da, endlich, fiel bei ihm der Groschen! Natürlich! Er knipste das Licht an und sah sich um: »Jo, dat is man büschen eng hier!« Jetzt, endlich, hatte er begriffen, was in dem rätselhaften Brief mit »Zwerg« gemeint war ...

Aber so ein blitzgescheiter Erfinder wie der Dr. Caruso, Donnerwetter, der dachte an alles! Der wusste einfach, dass auf einem Leuchtturm nicht viel Platz ist, wenn man sich nach Gesellschaft sehnt.

Hans Hansen stand wieder auf und noch am selben Abend schrieb er einen langen Brief an die »Liebe Frau Eleonore!«

Er schickte ihn sogar mit Eilpost – was ganz und gar ungewöhnlich für Hans Hansen war ...

Zur selben Zeit, als es auf Hans Hansens Leuchtturm langsam dunkel wurde, war im Stadttheater helle Aufregung! Schnutz saß an seinem Schreibtisch, raufte sich das Haartoupet und schrieb wie besessen das Stück um und um. Manchmal hielt er inne: »O Himmel, welch ein Einfall! Ich bin gerettet. – Das bringt Leben in die Bude!«

Am Sonnabend waren die Zeitungen voll von Berichten über die Premiere von Schnutz' »Schneewittchen«.

Curd Caruso hatte, wie so oft, seine

Brille verlegt. Und ohne Brille konnte er seine Brille nicht finden. Also musste Belinda ihm vorlesen.

»Skandalregisseur Schnutz schlug zu!«, und »Zweifelhafter Höhepunkt eines spektakulären Theaterabends: Ein Dobermann (oder war es eine Doberfrau?) schlabberte Schneewittchen im offenen Sarg ab. Obwohl das Publikum vor Begeisterung tobte, fragt man sich doch besorgt: Ist das nicht an der Grenze des guten Geschmacks?«

Belinda biss sich auf die Lippe. Sie sah wieder die beiden Briefumschläge und die beiden Briefe auf dem Tisch liegen – oje ...

Sie sah zu Curd Caruso hinüber.

Zum Glück war der so entrüstet, dass er gar nicht nachdachte: »Oh, welch Schmutz! Dieser Nichtsnutz Schnutz! Was hat er nur mit meiner armen, armen

Eleonore gemacht! Als Hund verkleidet! Ich glaub es nicht. Ich kann ihr ja nie mehr unter die Augen treten!«

Nein, das konnte er wirklich nicht!

Denn schon bald nachdem Eleonore Müller-Frankenstein den Brief des Leuchtturmwärters erhalten hatte, packte sie ihre Siebensachen, ihren Wellensittich und ihre Kakteen. Sie hatte es satt, den ganzen Tag im Stellenanzeiger der Theateragenten zu blättern!

»Wir fahren nämlich zu einem Piraten«, erklärte sie ihrem Wellensittich. Doch weil der schwerhörig war, verstand er wieder mal gar nix. »Was waren wir für dämliche Tomaten!«, wiederholte er fassungslos den ganzen Tag und wackelte mit dem Kopf.

So stieg Eleonore Müller-Frankenstein also eines Morgens mit Sack und Pack in einen Kahn und ließ sich hinüberfahren.

Über dem Haff lagen noch graue Nebelschwaden.

Doch hinten, am Horizont, da blinkte ihr schon Hans Hansens Leuchtturm zu.

Achtes Kapitel
*Belinda steht im Nachthemd
vor einer schweren
Entscheidung*

Das war wieder ein Tag gewesen! Du liebe Güte!

Dabei hatte er so schön begonnen: Belinda und Curd Caruso saßen im Garten am Frühstückstisch. Der Meister las die Zeitung und Belinda, den Kopf auf die Unterarme gelegt, beobachtete gerade, wie eine Ameise mühsam, mühsam einen Kuchenkrümel abschleppte. Da Belinda aber nicht ohne zu krümeln Kuchen essen konnte, lag der ganze Tisch voller Krümel. Das musste sich bei den Ameisen herumgesprochen haben …

Curd Caruso war soeben mit dem Sportteil fertig geworden, da entdeckte er auf seiner Untertasse, im aufgeklappten Brillenetui, überall auf dem Tisch Ameisen. »Oje«, rief er, »diese kleinen nützlichen Wesen beginnen allmählich zu stören.«

Er warf seinen Sonnenhut auf den Tisch und ging ins Haus, um Ameisengift zu holen.

Warum, seufzte Belinda, warum kann er nicht den ganzen Tag Zeitung lesen? Dabei kommt er wenigstens nicht auf so dumme Gedanken.

Aber waren denn die Ameisen noch zu retten? Jetzt war es auf dem Tisch schon ganz schwarz vor Ameisen. Es krabbelte und wimmelte und es wurden immer mehr.

Bevor der Meister mit dem Gift kam, musste Belinda die Ameisen unbedingt vertreiben. Aber wie? Sie faltete die Zeitung zusammen, und da sie keine Schaufel fand, kehrte sie die Ameisen kurzerhand in Carusos Sonnenhut.

Curd Caruso kam aus dem Haus. Schnell legte Belinda den Hut wieder auf den Tisch.

»Nanu? Schon alle verschwunden?«, wunderte sich Caruso. »Wahrscheinlich haben sie Angst bekommen. Umso besser. Ich habe nämlich gar kein Ameisengift gefunden.«

Zufrieden nahm er wieder Platz.

»Außerdem –«, er setzte sich den Sonnenhut auf, »außerdem, ich liebe Ameisen.« Vor Schreck konnte Belinda kein Wort sagen. Sie schüttelte nur stumm den Kopf.

»Aber warum denn nicht?«, fragte der Meister. »Sie sind dort, wo sie hingehören, sehr nützlich und sie halten die

Natur rein. Die Polizei des Waldes, wie man sagt.«

Belinda starrte den Meister ungläubig an.

»Was guckst du denn so?«

»Ach nichts«, sagte Belinda leise.

Sonst, nach dem Frühstück, saß Curd Caruso ja gerne noch ein bisschen still auf dem Gartenstuhl und paffte eine Morgenpfeife. Doch heute ruckte er unruhig hin und her, bohrte mit dem Zeigefinger im Ohr, rieb sich die Augen, kniff sie zusammen, riss sie weit auf, dass sie so groß wie Untertassen waren. Er wackelte mit dem Kopf, schnaubte durch die Nase und kratzte sich im Nacken …

Plötzlich, Belinda zuckte zurück, sprang er auf: »Was weiß denn die Menschheit, wie es im Kopfe eines Erfinders aussieht! Wie die Einfälle dort kribbeln und krabbeln! Wie sein Genie ihn piesackt! Das kann sich keiner vorstellen!«

O doch, o doch. Belinda schon …

»Aber das juckt euch ja nicht, ihr Gewöhnlichen! Es ist … einfach nicht zum Aushalten!« Curd Caruso riss sich den Hut vom Kopf, zauste sich wütend die strubbeligen Haare und stürmte mit großen Schritten ins Haus. An die Arbeit! An die Arbeit!

Belinda atmete aus. Das war ja noch mal gut gegangen. Vorsichtig schüttelte sie den Hut im Gras aus.

Weniger gut ging es später! Curd Caruso experimentierte wieder mit dem Modell seines Streichelzoos. Diesmal wollte er Skorpione testen. Als er Belinda fragte, ob ihr das auch so gut gefiele wie ihm, sagte sie: nein.

Sie persönlich hatte nichts gegen Skor-

pione. Aber sie war traurig, weil Curd
Caruso sie schon wieder wegen des »Ratgebers für kleine Schwestern« vertröstet
hatte. »Keine Angst, das mache ich schon
noch ...« Wenn sie das richtig übersetzte,
hieß das: nie!

Belinda schwieg.

Und wenn sie gefragt wurde, schüttelte
sie nur den Kopf oder sagte: nein.

Bis Curd Caruso der Geduldsfaden riss: »Den ganzen Tag geht das schon so, Belinda: ›nein, nein, nein‹. Das macht mich ganz konfus. Hör zu, ich habe eine Laubsäge, eine Stichsäge, eine Kreissäge. Eine Eisensäge habe ich auch. Was ich aber überhaupt nicht brauche, ist eine *Nervensäge*! Heute möchte ich nur noch ein Wort von dir hören! Und zwar: ›ja‹. Nur noch ›ja‹! Hast du mich verstanden?«

»Ja«, sagte Belinda. Sie setzte sich in ihr Zimmer und sagte beleidigt: Ja ja …

Nach einer Weile klingelte das Telefon.

»Gehst du mal?«, rief der Meister aus der Werkstatt.

»Ja«, rief Belinda zurück.

Am Telefon war eine Import- und Export-Firma. Es ging um eine Bestellung, die Curd Caruso aufgegeben hatte.

»Leider ist auf dem Bestellzettel die Schrift etwas verwischt«, sagte die Stimme am anderen Ende der Leitung, »können Sie uns da bitte helfen?«

»Ja«, sagte Belinda freundlich.

»Das ist aber sehr nett. Also – muss es hier heißen zwei oder zwanzig oder zweihundert?«

»Tja …?«, überlegte Belinda.

»Also – was nun? Zweihundert?«

»Ja …«, sagte Belinda.

»In Ordnung. Also zweihundert Skorpione, extra giftig. Zahlen Sie bar?«

»Ja …«

»Schön. Dann können wir ja gleich liefern. Auf Wiederhören.«

So eine richtig gute Stimmung wollte an diesem Nachmittag nicht mehr aufkommen. Große Mühe hatte es Curd Caruso gekostet, den Spediteuren zu erklären, dass er zwei Skorpione bestellt hatte, zwei! Zu wissenschaftlichen Versuchszwecken – er wollte doch keine Skorpionfarm gründen!

»Aber Ihre Tochter hat doch alles am Telefon bestätigt!«, maulte der Spediteur, als er die Kisten wieder einlud.

20, 200, auch 2000 Skorpione hätten nicht giftiger sein können als der Blick, den Curd Caruso Belinda zuwarf!

Sie ging ihm jetzt wohl besser aus dem Weg ...

»Halt, halt, Belinda! Weißt du, dass du mich heute wahnsinnig aufregst?«

»Ja«, sagte Belinda kleinlaut.

»Himmeldonnerwetter, sag doch nicht dauernd ›ja‹!«

»Ja.«

»Was heißt ›ja‹? Hast du mich nicht verstanden?«

»Ja, äh, nein ...«

»O Belinda«, jammerte der Meister entnervt, »aus dir kann man nicht schlau werden.«

»Nein«, sagte Belinda und nickte.

Jetzt lag sie im Bett und zerbrach sich den Kopf, warum heute alles schief gelaufen war und, vor allem, warum man aus ihr nicht schlau werden konnte?

Manchmal, das ist wahr, konnte auch Belinda sich nicht leiden. Und es schüttelte sie, wenn sie nur an sich dachte.

Aber manchmal, wenn sie im Bett lag,

war sie sich selbst ihre beste Freundin. So eine wie man sie nur selten findet! Eine, die zuhört, die einen versteht, eine, die einen richtig lieb hat.

Belinda drehte sich auf ihre Einschlafseite.

Curd Caruso schien schon wieder bester Laune zu sein! Er trällerte im Bad.

Punkt sechs hatte er wie jeden Abend den Badeofen geheizt. Er rief dann immer: »Damit des lieben langen Tages Müh und Arbeit nicht ganz umsonst gewesen ist –« und stopfte das tagsüber beschriebene Papier ins Ofenloch: Entwürfe, Briefe, Skizzen und Zeichnungen, das alles wanderte ins Feuer.

Punkt acht setzte der Meister sich die Badekappe auf und sprang in die Wanne.

Zuerst spielte er dann mit dem U-Boot. Das ging ja noch. Es plätscherte nur ein bisschen. Schlimmer war es schon, wenn

er die *Santa Maria* mit ins Wasser nahm, den kleinen Ozeanriesen! Curd Caruso blies dann die Backen auf – und das Nebelhorn tutete durchs dampfende Bad und war überall im Haus zu hören. Doch dann, beim Einseifen, trällerte Curd Caruso immer italienische Opernarien! Oder was er so dafür hielt.

Nein, nie im Leben würde Belinda je freiwillig in eine italienische Oper gehen. Das hörte sich ja an, als wären Piranhas in der Badewanne!

Inzwischen war es still im Haus geworden. Curd Caruso hatte wohl noch seinen Abendspruch gesagt: »Noch 'ne Pfeife und dann pfeif ich ab ins Bett.« Er schlief sicher schon längst.

Belinda aber lag wach.

Sie konnte einfach nicht einschlafen.

Vielleicht sollte sie sich etwas zum Knabbern holen? Fingernägel sind auf Dauer nicht so schmackhaft ...

Sie stand auf, fuhr in die Pantoffeln und, sonderbar, die Pantoffeln liefen los. Aus dem Zimmer hinaus. Über den dunklen Flur. Die Treppe hinauf. Und auf einmal standen sie vor der kleinen, unscheinbaren Tür, hinter der Curd Carusos allerwichtigste, streng geheime Erfindung war.

Und weil in den Pantoffeln Belindas Füße steckten, stand auch Belinda vor der

Tür. Im Nachthemd – und vor einer schweren Entscheidung! Sollte sie ...?

Der Schlüssel steckte.

Belinda drehte ihn probehalber im Schloss. Es knackte. Aha. Noch einmal.

Sie legte ihre warme Hand auf die kalte Klinke, drückte sie herunter und ...

Neuntes Kapitel
Ein Kurzschluss kurz vor Schluss

Stockfinster war es in dem geheimnisvollen Zimmer. Nur hinten, in der Ecke, flimmerte es. Ein schwacher Schein ...

»Hallo?«, rief Belinda ängstlich.

Da wurde aus dem Flimmern ein Flackern. Es sirrte und knackte und eine schnarrende Stimme antwortete:
»Hallo!«

Belinda wich zurück. Ihre Hand suchte die Tür – doch sie fand nur den Lichtschalter.

Belinda war geblendet. So etwas ... so etwas hatte sie noch nie gesehen! In der Ecke stand ... ja, was war es eigentlich? Es

sah aus wie eine Schaufensterpuppe.
Doch durch das Innere führten blaue
und rote und gelbe Kabel. Kontrolllämpchen blinkten.

»Wer bist du?«, fragte Belinda vorsichtig.

»Das – ist – ei-ne – zu – schwie-ri-ge – Fra-ge«, antwortete das seltsame Wesen.

»Wie heißt du?«

»Mei-ne – Be-zeich-nung – lau-tet – Ho-mun-ku-lus.«

»Guten Abend, Homunkulus. Ich bin Belinda.«

»Gu-ten – A-bend – Be-lin-da.«

Belinda lachte. Die Worte waren so abgehackt. Sie musste an Karoline denken. Wenn Karoline die Balkonblumen goss, sagte sie auch immer so komisch: »Ich hole Wasser für die Blumento-pferde.«

»Lach-st – du – ü-ber – mich?«, schnarrte es höflich.

»Ja, du sprichst so komisch.«

»Was – heißt – ko-misch?«

»Na ja ... ich weiß nicht.« Belinda zuckte die Schultern. Sie lachte Homunkulus an.

»Ha! – Ha!«, lachte jetzt auch Homunkulus. »Du – sagst – ein – Wort – und – du weißt – nicht – was – das – heißt – Ist – das – ko-misch?«

»Nein, komisch«, versuchte Belinda ganz ernsthaft zu erklären, »komisch ist eben komisch.« O nein, das hätte sie nicht sagen sollen!

Rot blitzte eine Kontrolllampe auf. Homunkulus' Kopf ruckelte hin und her. Es zischte in seinem Innern und Funken sprühten aus seinen Augen.

Es roch auch ein bisschen angeschmort.

Dann war es still. Nur aus Homunkulus' Ohren stieg feiner blauer Rauch.

Langsam bewegte Homunkulus seinen Mund. Es kam aber kein Wort heraus.

Dann, endlich: »Vor-Vor-Vor-sicht! – Jetzt hä-hä-hä-tte – ich – bei-bei-na-he – ei-ei-ei-nen – Kurz-schluss-schluss – be-kom-men-men.«

»Oh, entschuldige. Das tut mir wirklich Leid. War ich daran schuld?«

»Du – ha-hast – ein – Wort – er-klärt – und hast – es – nicht – er-klärt – Das – geht nicht – Feh-ler.«

Das verstand Belinda. »Komisch ist

eben komisch« war wirklich keine sehr gute Erklärung.

»Offenbar bist du sehr scharfsinnig, Homunkulus!«

»Was – heißt – das –: ›scharf-sin-nig‹? Scharf – ist – ein – Mes-ser – scharf – ist Pa-pri-ka – sin-nig – ist – un-sin-nig – ist tief ...« Er ruckelte schon wieder sehr verdächtig mit dem Kopf hin und her.

Oh, jetzt bloß keine voreiligen Erklärungen! Sicher war es besser, Belinda probierte es einfach einmal aus.

»Übrigens, Homunkulus, was mich schon immer interessiert hat: Was ist eigentlich 798 mal 517 geteilt durch 29 plus 134 minus 19?«

»Vier-zehn-tau-send-drei-hun-dert-ein-und-vier-zig – Kom-ma – vier-eins-drei-sie-ben-neun«, antwortete Homunkulus im selben Moment, als Belinda ihre Aufgabe gestellt hatte.

»O lala, du rechnest aber sehr gut, Homunkulus!«

»Nein – Ich – rech-ne – nicht – gut – Ich rech-ne – rich-tig.«

Na gut, das reichte ja auch schon.

»Aber, wenn du so klug bist – eines verstehe ich nicht: Warum hat dich Curd Caruso nie gezeigt? Dich muss man doch nicht verstecken!«

»Ich – bin – lei-der – nicht – rich-tig – fer-tig – ge-wor-den.«

»Das macht doch nichts!«, tröstete ihn Belinda. »Ich übrigens auch nicht. Mama sagt immer: ›Du bist einfach noch nicht fertig, Belinda.‹ – Ja ja, so ist das mit uns.«

Sie legte ihm die Hand auf die Schulter.

»Sag mal, bist du eigentlich ein Junge oder ein Mädchen?«

Homunkulus wusste es nicht. Er zog die Schultern hoch und blickte ratlos an sich herunter ...

»Ist ja auch egal«, sagte Belinda, »Hauptsache, du bist nett.«

»Nett«, schnarrte Homunkulus.

»Wie findest du ... mich eigentlich?«, fragte Belinda.

Homunkulus klappte die Augen weit auf, machte ein paar wackelige Schritte, beugte sich nach vorn und sah unter den Schrank. Er schüttelte den Kopf. Dann richtete er sich auf, schwenkte die Arme und drehte seinen Kopf in alle Richtungen. »Ich – fin-de – dich – in-dem – ich – dich – su-che«, erklärte er.

»Ich glaube, du verstehst mich nicht ganz, Homunkulus«, sagte Belinda traurig.

»Doch – Wenn – du – laut – und – deutlich re-dest – kann – ich – dich – ganz – gut – ver-ste-hen.«

Belinda seufzte: »Langsam glaube ich, niemand versteht mich.«

Die grünen und roten Lämpchen in Homunkulus' Kopf flackerten. Dann gingen sie aus.

»Ken-ne – ich – nicht«, sagte Homunkulus.

Belinda sah ihn groß an.

»Ich – ken-ne – die-sen – Nie-mand – nicht – A-ber – die-ser – Nie-mand – der – dich – ver-steht – muss – ziem-lich – ge-scheit sein – und – nett – Ist – es – so?«

Belinda nickte müde: »Ja, so ist es. Niemand ist gescheit und nett.«

Homunkulus wurde rot: »Hast – du – Nie-mand – lieb?«

»Nein«, beruhigte ihn Belinda, »was denkst denn du! Dich, dich habe ich zum Beispiel sehr lieb.«

»O – Be-lin-da«, Homunkulus schnaufte. »Das – darfst – du – nicht – sa-gen – Da-von – wird – mir – ganz – ganz – heiß –« Tatsächlich, Belinda sah es: Die Drähte in seiner Brust begannen zu glühen und die Kontrolllampen in seinem Kopf flackerten aufgeregt und blinkten durcheinander. Doch dann ging eine nach der anderen aus.

»Homunkulus!«, rief Belinda erschrocken.

»Batt – Batt – Ba – Ba – B – B – ...«, bibberte er. Seine Stimme wurde immer leiser. Seine Hand zeigte zitternd zum Schrank.

Was hatte das nur zu bedeuten?

Belinda riss die Schranktür auf, wühlte sich durch Kistchen, Kästchen und Schachteln ... Da! Ein großes Paket! Batterien – natürlich, das war es.

»Ah –«, machte Homunkulus und nickte ihr matt zu. Er schwankte. Mit letzter Kraft drehte er sich um. Sein Zeigefinger tippte auf eine kleine Klappe unter dem linken Schulterblatt. Im Nu hatte Belinda die Batterien ausgewechselt.

Ein Zittern ging durch Homunkulus. Seine Augen gingen wieder an. Sie strahlten! In seinem Innern spielte leise Weihnachtsmusik.

Vor Freude drehte er die Arme wie Windmühlenflügel. Dann sprang er auf einem Bein kreuz und quer durchs Zimmer.

»Nicht so laut!«, versuchte Belinda ihn zu bremsen ...

Doch, zu spät! Im nächsten Moment flog die Tür auf: Curd Caruso.

»Was ist denn hier los?«, schimpfte er. Die Arme hatte er wütend in die Hüfte gestemmt.

Doch Homunkulus bemerkte ihn gar nicht. So sehr war er mit seinem Herumgehopse beschäftigt.

»Homunkulus, du hast wohl eine Schraube locker!«, rief der Meister ärgerlich.

Da blieb Homunkulus sofort erschrocken stehen. Er beugte seinen Kopf nach vorn und kontrollierte, ob noch alle Schrauben fest saßen ...

»Ach, und wo Unsinn gemacht wird, darf Belinda natürlich auch nicht fehlen!«

Belinda kam langsam hinter dem Schrank hervor.

Sie stammelte: »Homunkulus ist Ihre absolut beste Erfindung, Herr Caruso. Wirklich, das ist ein Meisterwerk, das ist ...«

Und obwohl Curd Caruso ihr böse sein wollte, konnte er es nicht. »Das ist wahr«, knurrte er. »Trotzdem, das ist kein Grund, nachts solchen Lärm zu machen«, fügte er streng hinzu.

Belinda erzählte ihm, wie sie ganz zufällig in dieses Zimmer geraten war, worüber sie sich mit Homunkulus unterhalten hatte und dass sie ihm sogar neue Batterien eingesetzt hatte.

»Donnerwetter«, staunte der Meister. Homunkulus machte unterdessen

Handstand auf einer Hand und verknotete dabei seine Beine ganz sonderbar in der Luft.

Belinda konnte nur ungläubig mit dem Kopf wackeln.

»Sie – hat – ei-nen – Wa-ckel-kon-takt«, schnalzte Homunkulus vergnügt von unten herauf.

Curd Caruso lächelte: »Siehst du, das kommt davon. Wenn man ihm neue Batterien gibt, wird er bloß frech.«

Er kratzte sich am Kopf. »Ach, wenn du wüsstest, wie viele Stunden ich schon an ihm herumgebastelt habe. Später soll er mal ein Mensch werden. Er soll sprechen, essen, schlafen – so wie du.«

»Toll«, sagte Belinda.

Doch dann wurde sie nachdenklich. »Das ist aber sehr kompliziert«, gab sie zu bedenken. Sie hatte sich nämlich daran erinnert, dass Frau Stubenrauch ihr ins letzte Zeugnis geschrieben hatte: »Belinda ist ein sehr kompliziertes Kind.«

»Da hast du Recht, Belinda. Was mir zum Beispiel noch große Sorgen macht: Um vollkommen zu sein, müsste Homunkulus auch kleine Fehler machen können. Fehler, verstehst du, gehören einfach mit dazu.«

»Das hört man gern«, sagte Belinda bescheiden.

»Tja, Belinda, und so sitze ich, so oft es meine Zeit erlaubt, in diesem Raum und baue an meinem Sorgenkind herum. Es nützt ja alles nichts.«

»Nichts-nutz«, knurrte Homunkulus.

Curd Caruso schüttelte den Kopf: »Du glaubst gar nicht, wie viel Arbeit in ihm steckt.«

Als er dies hörte, klappte Homunkulus sofort seinen Bauchdeckel auf, um nachzusehen …

»Es kostet Mühe und Schweiß, unendlich viel Arbeit, ehe man einen Menschen fertig hat. Das kannst du glauben. Und ganz schafft man es wohl nie ...«

Bei diesen Worten des Meisters waren Belindas Gedanken weit, weit weggewandert, nach Hause ...

Meine lieben Eltern! dachte sie. Sicher haben sie keine Mühe gescheut, mich zu erschaffen. Tag und Nacht haben sie wahrscheinlich hart an meiner Entstehung gearbeitet. Wenn ich das geahnt hätte! Na ja, und meine Sommersprossen – die sind sicher nur ein kleiner Produktionsfehler. Damit kann man leben.

Nächsten Sonnabend sollte ich meinen Schöpfern vielleicht frische Brötchen holen und die Morgenzeitung, damit sie sich zur Abwechslung mal an ihrem Produkt erfreuen können. Dazu müsste ich aber erst einmal nach Hause kommen, fiel ihr ein.

»Ich glaube, ich muss jetzt nach Hause gehen«, sagte sie.

»Aber doch nicht im Nachthemd«, lachte der Meister.

In diesem Moment geschah etwas Seltsames: Curd Caruso wurde immer kleiner! Auch Homunkulus und die Bodenkammer und ...

Belinda rieb sich die Augen.

»Herr Caruso!«, rief sie, doch es war nur ein Flüstern, »wo Sie auch sind, ich werde immer an Sie denken ...«

»Denk lieber an was Vernünftiges«, murmelte Curd Caruso von ferne, »du bist doch schon groß.« Er zog ein kariertes Taschentuch aus seiner Schlafanzugjacke und winkte. Außerdem, es musste ihm etwas ins Auge gekommen sein.

Denn er wischte sich mit dem Taschentuch die Augen.

Und dann war er mitsamt seinem Taschentuch verschwunden! Belinda atmete schwer.

»Belinda …« Nein, das war nicht Curd Carusos Stimme! »Be-lin-da!«

»Nein«, gähnte Belinda und drehte sich schnell auf die andere Seite.

»Jeden Morgen dasselbe Theater mit dir!«

Zehntes Kapitel
Alles beginnt von vorn

In der Schule war Belinda nicht sehr ausgeschlafen. Frau Stubenrauch bewegte ihre Lippen wie in einem Stummfilm. Zum Glück beschäftigte sie sich jetzt mit den Hinterbänklern. Das machte sie immer mal zwischendurch. Überhaupt, alles war wie immer und alles war ein bisschen grau.

In was für eine Geschichte war Belinda nur wieder hineingeraten?

Wenigstens ihre Sommersprossen hätte sie bei Curd Caruso lassen können. Aber nein, als sie am Morgen vor dem Badspiegel stand, waren alle wieder vollständig versammelt. Tückische Dinger! Sie sprossen ja nicht nur im Sommer. Nein, auch im Frühling, im Herbst und im Winter. Richtige Ganzjahressprossen …

Belinda war tief in Gedanken versunken, da bohrte sich ihr ein Finger in den Rücken. Erschrocken fuhr Belinda herum: Melanie! Die flüsterte ihr zu: »Schönen Gruß von Frau Brösel. Heute Nachmittag ist wieder Probe.« Belinda nickte, ohne das Gesicht zu verziehen. Sie wollte sich schon wieder nach vorn umdrehen, da schob ihr Melanie ein Steckbriefheft zu. Fast alle Mädchen aus der Klasse hatten sich darin schon eingetragen. Jetzt, weil Melanie die Hauptrolle ergattert hatte, durfte also auch Belinda. Na schönen Dank!

Lustlos blätterte Belinda die himmelblauen Seiten durch. Von Freundschaft und ewiger Treue war die Rede, überall klebten Glitzerherzen und bunte Sterne.

Am besten gefiel Belinda Franziskas Eintragung.

Franziska hatte, weil sie Pferde besonders gut malen konnte, einfach ein Pferd hingemalt. Und darunter hatte sie geschrieben: »Melanie!« Nichts weiter.

Belinda lächelte. Sie sah zu Franziska hinüber. Doch die war gerade damit beschäftigt, aus dem Fenster zu schauen. Schade.

Belinda nahm ihren Kugelschreiber auf. Lange überlegte sie. Sie war sehr konzentriert bei der Arbeit. So war sie dann auch pünktlich mit dem Klingelzeichen fertig.

Sie packte gerade ihre Sachen zusammen, da rief Frau Stubenrauch sie zum Lehrertisch: »Belinda, bring mir doch bitte mal dein Hausaufgabenheft nach vorn!«

O Mist, jetzt bekam sie wegen dieser

blöden Melanie auch noch eine Eintragung! Dabei hatte die sich gar nicht mal richtig bedankt, sondern das Heft nur achtlos in ihre Schultasche geschoben.

»Und vergiss bitte nicht, mir morgen eine Unterschrift deiner Eltern mitzubringen!«, hörte Belinda Frau Stubenrauch noch sagen.

Sie nickte tapfer. Warum aber musste Frau Stubenrauch zu alledem noch so heimtückisch grinsen? Nein, Schadenfreude fand Belinda überhaupt nicht gut.

Vor ihr auf dem Tisch lag das Hausaufgabenheft. Schweren Herzens schlug Belinda es auf.

... träumte sie?

EIN LOB!
Belinda macht große Fortschritte und bekommt ein ganz dickes Lob!
Ich habe sie heute im Unterricht nicht ein

*einziges Mal schwatzen gehört. Und das will
bei Belinda etwas heißen!*
Weiter so!
gez.: Stubenrauch

Gut gelaunt erschien Belinda kurz vor
drei zur Theaterprobe.

»Du bist ein ganz schönes Biest!«,
zischte ihr Melanie im Umkleideraum zu.

»Danke«, sagte Belinda. Aus Melanies
Mund hörte sie so ein Kompliment gern.

»Dir gebe ich nie wieder mein Steckbriefheft. Du hast ja nur Unsinn geschrieben!«

Belinda wollte etwas erwidern, doch
Frau Brösel rief von nebenan: »Beeilt
euch! Wir beginnen gleich mit der
Probe.«

Das Stück gefiel Belinda eigentlich
ganz gut. Auch ihre Rolle als Biest, das
am Ende gar keines war ...

Melanie hatte es da viel schwerer. Sie musste ein bescheidenes, fleißiges Mädchen spielen und außerdem musste sie immer nett und freundlich zu Belinda sein, beziehungsweise zu dem Biest! Das war überhaupt das Schwierigste an ihrer Rolle.

Sie schaffte es aber und Frau Brösel lobte sie: »Du bist eine gute Schauspielerin, Melanie …«

Trotzdem, ganz zufrieden war Frau Brösel noch nicht.

»Der Aufführung fehlt noch …«, sie suchte nach Worten und blickte an die Zimmerdecke, »… Leben!« Jawohl, das war es. Der Aufführung fehlte Leben.

»Das Biest sollte vielleicht mit einem Dobermann auftreten«, schlug Belinda vor, »der bringt Leben in die Bude.« Sie fletschte auch gleich die Zähne und knurrte wie ein Hund.

»Jetzt ist sie völlig durchgeknallt!«, kreischte Melanie. Ob sie um ihre Hauptrolle fürchtete? Vor Hunden jedenfalls hatte sie schreckliche Angst.

Und damit alle sahen, was von Belindas Vorschlägen zu halten war, holte Melanie ihr Steckbriefheft aus der Garderobe und las laut vor, was Belinda eingetragen hatte …

Erst schüttelten alle die Köpfe.

Dein Name: »Die schöne Belinda«

Doch bald schon schüttelten sie sich vor Lachen.

Dein Alter: »*Davon kann überhaupt gar keine Rede sein! Außerdem fragt man das eine Dame nicht.*«
Dein Berufswunsch: »*Haremsdame oder Erfinderin*«

Melanie schnappte beim Vorlesen nach Luft und schaute triumphierend in die Runde.

Dein Hobby: »*Wasserflöhe aussetzen*«
Dein Lieblingstier: »*Scholle – mit Petersilie und Zitronenscheiben garniert*«
Dein Lieblingsessen: »*Fingernägel. Besonders gern die vom Mittel- und Zeigefinger!*«
Dein Motto: »*Lieber einen Sechser im Lotto als gar kein Geld*«

Auch Franziska hatte laut darüber gelacht. Belinda hatte es genau gesehen.

Beim Umziehen beeilte sich Belinda heute besonders. So war sie im selben Moment an der Tür wie Franziska.

»Na«, sagte Belinda.

»Na«, meinte auch Franziska.

»Na ja«, sagte Belinda leise, »ich könnte dir ja auch mal was in dein Steckbriefheft schreiben.«

»Gerne! Ich finde zwar Steckbriefhefte blöd und habe auch gar keines, aber ...«

Beide mussten lachen.

»Mensch, Belinda, gestern dachte ich, du sprichst nie wieder mit mir.«

»Sage nie nie!«, sagte Belinda. »Das hätte ich dir übrigens als Motto hineingeschrieben.«

Nach dem Abendessen nahm die Mutter Belinda zur Seite: »Sag mal, Belinda, ist alles in Ordnung? Oder hast du

Probleme? Du musst ja heute Nacht furchtbares Zeug geträumt haben. Du hast ganz wirr geredet. Von einem Kurt ... Und dann hast du immerzu geflüstert: ›Homunkulus, gib mir einen Abschiedskuss!‹«

Belinda schloss die Augen. Sie lächelte.

»Ich verstehe das nicht, Belinda. Und dann noch diese Eintragung ...«

»Wieso?« Belinda öffnete die Augen. »Freust du dich etwa nicht?«

»Doch. Schon. Ja. Aber – das passt doch gar nicht zu dir, meine Kleine.«

Oh, wie sehr sich Belinda da freute. So wie vielleicht noch nie in ihrem ganzen Leben! Der Mutter war also viel wichtiger als alle Lobe und Tadel dieser Welt, dass sie, ihre kleine Belinda, sich wohl fühlte ...

Sie musste schlucken.

Nach einer ganzen Weile sagte sie:

»Mit Curd … das ist eine lange, lange Geschichte.«

Die Mutter nickte ihr aufmunternd zu.

»Also, eines schönen Tages …«, fing Belinda an.

»Ja?«

»Ach, stimmt ja gar nicht. So schön war der Tag nun auch wieder nicht. Es regnete. Und zwar fürchterlich.«

»Und?«

»… weißt du, Mama, ich erzähle dir die Geschichte lieber ein andermal.«

»Ganz bestimmt?«

»Ganz bestimmt.«

Lange konnte Belinda nicht einschlafen.

Karoline blätterte noch in einer Zeitschrift.

»Ich werde doch Erfinderin«, sagte Belinda und guckte an die Zimmerdecke.

»Mh«, sagte Karoline ohne aufzusehen.

»Weißt du übrigens, dass ich einen berühmten Erfinder kennen gelernt habe?« Offenbar wusste es Karoline nicht, sie schwieg.

»Er heißt Curd Caruso.«

»Aber ja. Natürlich.« Karoline blätterte die Seite um.

»*O sole mio*«, summte Belinda leise vor sich hin, »*o sole mio* ...«

»Würdest du bitte aufhören zu singen, wenn ich lese.«

»Sag erst, dass du mir glaubst.«

»Weißt du, Belinda, was ich glaube? Ich glaube, der einzige Erfinder weit und breit – bist du.«

»Du glaubst mir also nicht, dass ich bei ihm war und wir ganz verwickelte Fälle gelöst haben und ich die Reißzwecken richtig abgezählt habe und dass er einen Menschen gebaut hat, der Homunkulus heißt, aber noch nicht richtig fertig ist, und dass ich Karl-Heinz, beziehungsweise Karl und Heinz, und dann sogar zehntausend Wasserflöhe ...«

»Belinda! Hör auf, bitte. Du siehst doch, dass du mich beim Lesen störst. Und ich glaube dir kein Wort – und damit basta.«

»Und warum nicht?«

»Das brauche ich dir wohl nicht zu erklären«, sagte Karoline streng und widmete sich wieder ihrer Zeitschrift.

Mh, schon möglich, dachte Belinda. Trotzdem verstand sie es nicht.

Sie richtete sich im Bett auf: »Sehe ich

etwa so aus, als ob ich mir das alles nur ausgedacht hätte?«

Karoline blickte kurz von ihrer Zeitschrift auf und sagte: »Ja.« Dann las sie weiter.

Wütend ließ sich Belinda in ihr Kissen zurückfallen.

»Zum Glück hat er ja für mich einen Ratgeber für kleine Schwestern geschrieben«, murmelte sie und nahm ihre Einschlafpuppe in den Arm.

»Ach ja? Und wo ist das Buch?«, fragte Karoline. Sie hatte gerade ihre Zeitschrift weggelegt und gähnte. »Zeig es mir doch mal!«

»Nein, zeig ich dir nicht.« Belinda biss sich auf die Unterlippe.

»Siehst du, das dachte ich mir schon.« Karoline löschte das Licht.

»Ach, lieber, lieber Herr Caruso ...«, seufzte Belinda im Dunkeln.

»Wie sieht er denn aus, dein Herr Caruso?«

»Willst du das wirklich wissen?« Belinda drehte sich in Karolines Richtung. »... Er ist klein. Aber auch nicht sehr klein. So wie ich ungefähr. Haare hat er auch. Doch die sind schon grau. Er ist schwer zu beschreiben.«

»Das verstehe ich«, sagte Karoline und gähnte noch einmal, »beim Träumen hat man ja auch die Augen geschlossen – und da konntest du ihn dir sicher nicht so genau angucken. – Gute Nacht, du Piepmaus.«

Enttäuscht drehte sich Belinda wieder auf den Rücken.

Doch sie konnte nicht einschlafen.

Lange nicht.

Die Uhr schlug schon elf.

Ich sollte wohl alles aufschreiben, überlegte sie. Dann gibt es Curd Caruso wirklich, schwarz auf weiß – und alle müssen mir das glauben! Dann ist er ein richtiger Erfinder, so wie er im Buche steht!

Außerdem kann ich dabei noch einiges dazuerfinden. Bello fiel ihr ein. Vielleicht sollte man doch eine andere Klingel erfinden, damit der arme Hund nicht immer so nass wurde. Und mit Melanie – da müsste man sich auch was einfallen lassen. Und mit Karoline. Und überhaupt: Einen Ratgeber für kleine Schwestern kann sicher nur eine kleine Schwester schreiben.

Leise stand Belinda auf und schlich zu ihrem Schreibtisch. Sie knipste die kleine Lampe an.

Karoline drehte sich murrend zur Wand.

Vorsichtig zog Belinda die Schublade auf und holte ein leeres Schreibheft heraus.

Auf den Umschlag schrieb sie:
»Die schöne Belinda und ihr Erfinder«
Der Titel gefiel ihr. Obwohl er so klang, als wäre die schöne Belinda auch nur eine Erfindung ... Aber, weiß man das so genau? Belinda schlug das Heft auf.

Vor ihr lag eine leere weiße Seite.

Wie fängt man bloß eine Geschichte an?

Am besten wahrscheinlich mit dem Anfang.

»Karoline, schläfst du schon?«
»Ja – ganz fest.«
»Dann ist gut«, sagte Belinda ...

– und so fängt ja ihre Geschichte auch an!

Ein richtig netter Vampir

Marliese Arold
Ella Vampirella
Band 80321

O Schreck! Ella Vampirella ist auf der falschen Burg gelandet. Dabei wollte sie doch unbedingt zu Tante Esmeraldas Geburtstagsparty auf Burg Wildenstein. Zu allem Übel wimmelt es auf der falschen Burg auch noch von unerschrockenen Pfadfindern, die nicht an Vampire glauben wollen. Klar, dass Ella sich da eine besondere Überraschung für sie ausdenken muss...

Fischer Schatzinsel

Achtung, *Kamera läuft!*

Emma ist echt crazy! Sie hat jede Menge verrückter Ideen, trägt völlig schräge Outfits, und auf den Mund gefallen ist sie auch nicht gerade. Vielleicht laufen ihr deshalb die Jungs so hartnäckig hinterher. Aber seit sie zu ihrem 13. Geburtstag Schauspielunterricht geschenkt bekommen hat, heißt Emmas großes Ziel Hollywood…

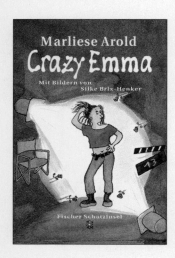

Marliese Arold
Crazy Emma
254 Seiten. Geb.
Band 85047

Fischer Schatzinsel

Von Feen, fiesen Kobolden und hinterlistigen Elfen

Nie hätte Lotte gedacht, daß es, wenn man auf dem Kopf steht, noch eine ganz andere Welt gibt, wo die Decken des Hauses der Boden eines ganz anderen Hauses sind, bewohnt von tapferen Feen, fiesen Kobolden und hinterlistigen Elfen. Lotte taucht in diese verwunschene Welt ein und findet sich von einem Strudel aufregender Verwicklungen mitgerissen.

Carol Hughes
**Oben ist unten und
die Welt ist verschwunden**
Band 80317

Fischer Schatzinsel

Fünf für alle Fälle!

Am liebsten hätte Pipilotta grüne Haare. Nur, was würde Gonzo dazu sagen? In den ist sie nämlich verliebt, aber das ist ein Geheimnis! Und Gonzo ist der Anführer der 5 Nervensägen, der Bande, zu der nicht nur Pipilotta, sondern auch Porsche, Stummel und Marie gehören. Schon bei ihrem ersten Treffen wartet ein ganz besonders schwieriger Fall auf sie. Woher kommen die merkwürdigen Geräusche und wer weint auf dem Hausmeisterklo? Als die Nervensägen merken, dass es hier um eine Erpressung geht, sind sie entschlossen, etwas dagegen zu unternehmen ...

Elisabeth Zöller
Die 5 Nervensägen
128 Seiten. Geb.
Band 85052

Fischer Schatzinsel

Chaos, Chaos!

Bei den 5 Nervensägen ist das Chaos ausgebrochen!
Erstens: das Liebeschaos. Marie liebt Porsche, Porsche liebt Pipilotta und die liebt Gonzo. Eigentlich. Aber der ist so komisch in letzter Zeit. Vielleicht liebt sie ja doch Porsche.
Zweitens: das Bandenchaos. Die Bande droht sich aufzulösen! Alle streiten sich und spielen verrückt, sogar Stummel. Aber vor allem Gonzo. Doch als die Nervensägen merken, was mit Gonzo wirklich los ist, halten sie zusammen wie Pech und Schwefel ...

Elisabeth Zöller
**Die 5 Nervensägen
schaffen das Chaos**
96 Seiten. Geb.
Band 85064

Fischer Schatzinsel

Versprechen muss man halten...

Luis Sepúlveda
Wie Kater Zorbas der kleinen Möwe das Fliegen beibrachte
141 Seiten. Geb.
Band 85021

»*Versprich mir, nicht das Ei aufzufressen*«, *krächzte die Möwe und schlug die Augen auf.* »*Ich verspreche dir, nicht das Ei aufzufressen*«, *miaute Zorbas.*
»*Versprich mir, es zu hüten, bis das Küken ausschlüpft*«, *krächzte die Möwe und hob ihren Kopf.* »*Ich verspreche dir, es zu hüten, bis das Küken ausschlüpft*«, *miaute Zorbas.*
»*Und versprich mir, ihm das Fliegen beizubringen*«, *krächzte der Vogel und blickte dem Kater fest in die Augen. Da dachte Zorbas, dieser Unglücksvogel spreche nicht nur im Fieber, sondern sei auch noch komplett verrückt geworden.*
»*Ich verspreche dir, ihm das Fliegen beizubringen. Und jetzt ruh dich aus, ich hole schnell Hilfe*«, *miaute Zorbas und sprang mit einem Satz auf das Dach.*

Fischer Schatzinsel

fi 6088 / 1

Geheimnisvolle Machenschaften im Reich der Insekten

Paul Shipton
Die Wanze
Ein Insektenkrimi
Band 80238

Wanze Muldoon ist ein Käfer und von Beruf Privatdetektiv. Aus Langeweile nimmt er den eher uninteressanten Fall an: Ein Ohrenkneifer ist spurlos verschwunden. Muldoon kann den Fall lösen. Und stößt bei seinen Nachforschungen auf jede Menge Ungereimtheiten. Erst als ihm jemand steckt, dass es geheime Verbindungen zwischen den Ameisen und den Wespen gibt, weiß Wanze Muldoon, dass dem Garten und seinen Insekten große Gefahr droht.

Fischer Schatzinsel

Verlag Nagel & Kimche

Jens Sparschuh
Stinkstiefel
Mit Illustrationen von Manfred Bofinger
104 Seiten, ab 8 Jahren
ISBN 3-312-00898-0

Felix Dinkhübel ist mit Herz und Seele Schuhverkäufer – ein friedliebender Mensch. Nur wenn ihm Kevin, der mit seiner Mutter ein Stockwerk über ihm wohnt, mal wieder «Dinkhübel, Stinkstiefel» an den Kopf knallt und Reißnägel in die Schuhe legt, dann weiß er nicht mehr weiter. Da läuft ihm Kevins Mitschülerin Pia über den Weg, die mit beiden Beinen auf dem Boden steht... Eine witzige, temporeiche und sehr genau beobachtete Geschichte über Laut- und Leisetreter und beginnende Freundschaften.